改变，从阅读开始

寻迹北京问年华

陆波 著

江苏凤凰文艺出版社
JIANGSU PHOENIX LITERATURE AND ART PUBLISHING, LTD

图书在版编目（CIP）数据

寻迹北京问年华 / 陆波著 . -- 南京 : 江苏凤凰文艺出版社 , 2019.6

ISBN 978-7-5594-3185-1

Ⅰ . ①寻… Ⅱ . ①陆… Ⅲ . ①散文集 — 中国 — 当代 Ⅳ . ① I267

中国版本图书馆 CIP 数据核字（2019）第 008017 号

书　　名	寻迹北京问年华
著　　者	陆　波
责任编辑	黄孝阳　汪　旭
出版发行	江苏凤凰文艺出版社
出版社地址	南京市中央路 165 号，邮编：210009
出版社网址	http://www.jswenyi.com
印　　刷	北京汇林印务有限公司
开　　本	670 × 1168 毫米　1/32
印　　张	8.75
字　　数	172 千字
版　　次	2019 年 6 月第 1 版　2019 年 6 月第 1 次印刷
标准书号	ISBN 978-7-5594-3185-1
定　　价	58.00 元

目 录

城　外

自序：好奇之眼观望“物哀”世界

为什么我要用日本“物哀”这个美学词语作为标题？因为我认为它的含义覆盖着我们用此生此刻之眼看到的一个感官世界，是众人欣喜或者相熟的鲜活点滴，是一张色彩各异的生命底版的累积。即使一物，但“哀”之情各不相同。我们不去追究“物哀”之下何其本质，只是目及热闹如春之繁花，沉溺于光影婆娑，莺声燕语，赞叹美人肌如雪，眸如星，巧笑顾盼兮。只要我们对“物”发出最本真的情感流露，便是我们的“哀”，它是最为表层的本能反射，虽然它的驱动力更为复杂。《枕草子》里说：“洗头，化妆，穿上浸满香气的衣裳，即使在没人看见的地方，心中也十分快活。”而尽览人世繁华而终归寂静的吉田兼好则在《徒然草》里说：“在不能常住的世间，活到老丑，有什么意思？”这两段话是貌美的女贵族与遁入空门的僧人截然不同的“物哀”流露。

好吧，我们中文的“真情流露”“真性情”“性情中人”是更接近于“物哀”本意的，除了我们不可言表的内心世界，在另一方面，我们每一个人都可以对世界发言，舞蹈放歌，释放我们真情的能量、同理心；隐藏于历史和故园的无数动人故事，也是充溢了彼时心底的真情，无比可贵。

2018 年 11 月，我站在京都东福寺的枫树林丛中，光影婆娑，红叶翩跹，满坑满谷蠕动的人群在四顾赞叹。彼时，并没有人过多关注脚下细弱的溪流，因为是枯水期，光影迷离，落红闪耀，宛如新生，不知曾经的故人看到此种相同景致的心情？或许与我今日的欣喜彼此相通。

被湮灭的落红中的亮色，不禁让我想起一段同样不那么醒目却令人着迷的历史故事：隋文帝为安抚塞外东突厥，也是循汉例，向突厥可汗送去宗室公主和亲。有一位叫义成公主的女子，接替前一任去世的和亲公主远走塞外，嫁给了东突厥启民可汗。她离开富庶而文明的锦绣之乡国都洛阳，远走茫茫戈壁，任朔风凛冽，摧富贵娇妍。但这位公主很有思想和主见，是非同寻常的女子，她嫁鸡随鸡嫁狗随狗，你是风儿我是沙，顺应命运，相当适应粗粝野蛮的游牧生活，追随突厥可汗东战西征，热血沸腾，成为坚毅而狂放的大漠之花。她热爱可汗，可汗死后又循突厥习俗，按顺序相继嫁给可汗的三个儿子（非她亲生），绝不想回归隋室，没有什么“昭君思汉”“文姬归汉”之类的故事。她在突厥草原生活了三十年，在启民可汗死后她先嫁给的是可汗第一个儿子始毕可汗。期间，始毕可汗率领数十万骑兵南下，包围隋炀帝于雁门关。义成公主不愿娘家与夫家撕战，便佯称“北边有急”，令始毕可汗撤围而去。后来，隋炀帝杨广被叛军所杀，他国色天香的萧皇后先是落在叛军宇文化及的手里，后来又被农民军窦建德接管。义成公主便女汉子再次发威，亲自代表突厥可汗找窦建德要人，要回她的嫂子萧皇后。窦建德迫于可汗威名，只得放人。至此，女英雄义成公主的事迹还不算完。再后来中原政权改朝换代，由隋朝变成了唐朝，义成公主这刚烈女子却死忠大隋，还妄想说服东突厥可汗发兵复隋。当然这是痴心梦想，最后唐将李靖灭了东突厥，可汗与萧后均降唐，被带回长安安置。尤其萧后这种逆来顺受、顺应变局求生的女子，还得以高龄在长安善终。而义成公主是节烈女子，死不投降，被李靖斩杀。这是没有任何文学夸张或传说加料的真实故事，出自《隋书》《资治通鉴》。尤其我想象五十岁的义成公主死于著名的唐朝大将，也是一代英雄李靖的刀下，不禁击节慨叹：如此血色千秋，如此义薄云天，何等非凡女子啊！在我驰骋的想象里，义成公主一生奔走于边塞，栉风沐霜，以一介女流之身，策马扬尘于戈壁草原、燕云山川，救皇嫂于草寇乱阵。这是多么打动人心的故事。她驰骋的足迹便是她的生命印记，便是她遗落的欢乐与愁怨气息。虽然草木枯荣，山河改变，那些印记早已模糊不清，但那些气息的能量会在暗处发光。

讲这个故事我是想说明，在我们中国人熟悉的广阔土地上，我们一代人的所见，只是我们一代人的当下。而历史曾经几何？风流人物又是怎样的风采？时空的绵延伸展从来不是只有毫无情感的春花秋叶四时轮转，而是众生共同书写的生命故事，这也是我继写作《北京的隐秘角落》之后，进而出版这本《寻迹北京间年华》的出发点。那些人，那些事，那些美丽的情感与哀愁，并非随风而逝，而是可以被我们后人忆起并钩沉出波澜起伏的历史画卷。我的写作更多是一个历史文物爱好者的发心使然。当然，普罗大众是历史微尘，在一片山林、一片废墟，或者已被后朝更改的面目全非的地方，隐藏着鲜活的小人物的踪影。在庞杂浩繁的历史卷宗中，无论正史、野史、笔记散文，即使是空穴来风，而风的本源也一定有某种值得探究的缘起。这些，正是开启我写作的好奇心动力。在不同的人看来，对于历史的探寻与写作是多种多样的：受过历史学训练的学者尚且有多种研究方法和表述方式，而历史文物爱好者更是因为没有固定的“为学”限制，铺展出更为丰富多彩的考证与推演，“真”或“不真”反而退居次要，对历史的侦探精神与热情往往应该得到鼓励与赞赏。因为历史的链条需要大学者的构建，也需要历史好奇者的填补缝隙，令其生动活泼，色彩斑斓。

被后人记住的历史与人物，在被后人书写之后就不会死去，他们以另外一种方式存在。帝王将相的大历史、大事件是学者们的研究指向，他们更偏向于在历史的曲直是非里研讨趋势的规律性，以价值取向成为历史的评论者、批判者，而往往忽略那些在历史大道或支路上匆匆走过的小人物、普通人。但这些并非恢弘的人与物却往往值得研究，因为他们也是一个时代的在场者、映射者，是更多细节的补充者。

继《北京的隐秘角落》之后，这本书依旧延续对旧时社会的边缘群体，如女人、太监，以及出离社会的出家人等赋予关注和同情。虽然我的书写情绪和思维模式是当下的，但我试图从可以查证的蛛丝马迹中去触摸那些真实出现过的过往。其实，无论人类如何进化和借助现代化工具的辅助，自以为得到了很大的发展，事实上，自古至今人类在情感上的脉络是彼此相通的，伦理、道德、善恶的标准并非发生过本质上的颠覆。

关于着墨较多的寺院，我并非从纯粹的宗教角度研究寺院文化，而是更关切寺庙与基层社会的关系。在中国的传统礼教中，重视现世、追求今生的功名富贵具有从上至下的普遍共识。君王有君王的职责，百姓有百姓的本分，唯国祚永昌，世代富贵，是最为扎实的为国人信奉的教条道理。但“生死有命、富贵在天”的宿命主义，往往又是人们对残酷现实无法克服，而试图找寻的方便之门。所以，这会形成一种非常奇特的现象：如此现实主义的民族文化，却衍生出了独具中土特色的以开脱、规避现实问题为要旨的寺庙文化。帝王认为自己掌握了宗教的正统，他们印刷经书并向寺庙与僧人颁赐典藏，造塔修庙，与高僧交往，这中间难免僧俗事务交杂混淆。而普通百姓，则是把他们的烟火生活——柴米油盐、生老病死寄托在他们自己的民间信仰之中。关帝信仰，是中国传统社会最为典型的有关道德、伦理、精神气质、思维模式的核心价值呈现，承载的是上至高官下至百姓均可以相通的“忠、义、仁、礼、勇”的儒家伦理道德精神，已延续一千八百多年。而娘娘、观音信仰，则是民间对美好生活、平安顺畅、福禄寿喜美好愿望的企冀。民生艰难，贫困者希望命运转机，生病者希望早日康复，婚姻生子都是老百姓的终身大事，而富贵人家也希望子孙昌盛，家道吉旺。还有如五道神祇，过去普遍存在的五道庙，几乎是每个大一点的村庄都有，是为了解决人们的死亡问题。中国人的思维定式是严肃的生活生命态度，有始有终。新的生命诞生，要感激娘娘保佑，上苍护持，那人一旦走了，也要有个“销号”。五道庙就是管理亡人家属向阴间神祇报告登录的程序。一个生命，即使是普通人的生命，也贯穿着在一个社会里的细碎足迹，这里有大格局的文化传统熏浸，更有其个人命运的特异化，以此构成天下苍生的动人故事。

我试图通过古人曾经的足迹、残留的文物，找到与他们沟通和理解他们的途径，这就促成了我在无数个北京的边边角角探寻。这是非常有意思的工作，或许我多多少少会带着今人的思维定式去揣摩他们，这是我需要警惕的。所以，“一切考据必有所出”是我的原则，即使很多史实——无论是当时实录还是后世修前朝的史书——无可避免歪曲和出离的现象，毕竟修史者都是保持固有道德价值标准的，如何掩饰或美化或诋毁都非旁人所能左右。对待民间笔记也会遇到同样情形，民间笔记里的传闻听闻部分会更庞杂，但这些都不是阻碍我去以自己的方式判断和写作的障碍。因为那些资料来到我的手中，同样会在我的组织构造里有另外的全新展示，或许会讲述出一个新的故事。但有一点可以确定，它们不是演绎，而是我站在今人的局限下对史实资料的一种解读。或许，在更长远的未来，那个时代的人回首过往，会把我们在这个时代对历史的记录也作为一种有益的参考，作为一个时代坐标的研究，这样想，寻觅角落里的古代精神，就是一件非常有意义的事情了。

我在五十岁后便与这个热闹的世界渐行渐远，恰如隐身于一座华丽建筑的过廊尽头回望时光。在古代，生逢乱世，活过五十岁是一个令人赞叹的年龄，尤其那些身处血光巅峰的人物，如何辗转腾挪保全自己灭杀对手而获得延续在世的喘息，那要看你的命数和天意。

“物”还在，但“哀”之情，则是旧影斑驳，流传于纸上或者生者的内心深处，也算是不生不灭的另类体现：它是曾经的观点、看法、觉悟，是一个个时间点构筑的历史做出的折射。

这本书，献给那些已经逝去的有情之物，那些在大时代耀眼光芒中并不起眼的暗红底色。

2019 年 5 月 27 日

城内

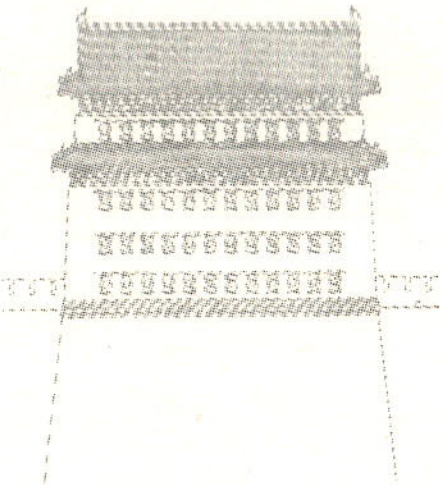

双榆树：纳兰性德的诗意人生

一、西郊别业桑榆墅

站在中国人民大学外的双榆树路口，人流、车流滚滚喧嚣，昼夜不息。这熙熙攘攘包裹着巨大欲望的气息与能量，躁动、热络、隐隐不安，是当下的寻常景象。

时间的红尘日积月累。我无论如何想象不出 300 多年前的某个日落时分，有佳公子纳兰性德倚栏眺望，恰巧一位美好的姑娘骑马而过，两人四目相交，激起内心涟漪。姑娘双颊红云初上，却是回头顾盼，而纳兰性德把此情此景幻化诗篇：

一半残阳下小楼，朱帘斜控软金钩。倚阑无绪不能愁。有个盈盈骑马过，薄妆浅黛亦风流。见人

羞涩却回头。（《浣溪沙》）

斗转星移，斯人成灰。曾经的阡陌田塍、碧水船帆，已被替换成人间热土、高楼大厦。著名的中国人民大学、北京友谊宾馆，奔腾汹涌的中关村大街车流，时光的画片翻过了 300 年。

是的，双榆树这一带当年正是纳兰家族的西郊别墅——桑榆墅，也叫西园，它频繁出现在纳兰性德的诗词里。后来还形成一处纳兰家族墓园，大致在今天人民大学的校园里。

纳兰性德的父亲纳兰明珠对购地造屋充满极大热情，落在今天也是房地产狂人。除了内务府分配给他家的城内府邸，即著名的什刹海北岸官邸（现今的宋庆龄故居），在西北郊皂甲屯还有皇帝恩赐的一大片土地，盖建了“明府花园”，后亦改为家族墓地。此外，在康熙皇帝建成西郊畅春园之后，明珠在畅春园西二里建“自怡园”。该园规模尺度与楼台亭阁之巧饰，算得上与国相的身份相符，是西郊王公名园第一。纳兰弟弟揆叙的老师查慎行还专门写下一篇《自怡园记》。揆叙在圆明园东侧的水磨村也建有别墅。

桑榆墅的修建，与玉泉山行宫的翻修时间大抵一致。康熙十九年（1680），皇室完成对原玉泉山行宫庙宇的大规模翻修，建造了一组崭新的行宫，初定名“澄心园”，后改为“静明园”。康熙皇帝喜欢静明园的山水宫苑，便经常驻跸此地，大臣们自然要围拢过来，便利上朝公务。纳兰作为康熙皇帝身边一等侍卫，与父亲一样，必须跟随皇帝左右。皇帝待在紫禁城，他们便回到什刹海北岸的府邸，皇帝去西郊，他们就侯在桑榆墅。

静明园之后，康熙二十三到二十六年（1684—1687）又建成畅春园，它们与更早的香山静宜园及后期的圆明园、万寿山清漪园一起，构成皇家“三山五园”的格局，西郊因此越来越成为清帝理政与王公大臣修建府邸的上佳之地。明珠家的“自怡园”便是其中之一，但此园建成时，纳兰性德已不在人世。

桑榆墅是纳兰性德生命最后5年经常居住的地方。这里也是纳兰性德读书会友、用以休闲的郊区别业，从他的诗词中可知，他在此处接待了不少落魄的汉族文人朋友。桑榆墅窗外的平畴、河流、西山，令词人更为融入大自然的亲切怀抱，触发了其固有的纯真灵性，所以诗词里嵌入了更多的天然景致、自然情怀。

但桑榆墅仍无法企及“渌水亭”的地位。纳兰性德在其著作《渌水亭杂识》里，表露了渌水亭在他心中的重要性，他的诗词创作、文史著述，大多在渌水亭完成。同时，此地也是他的“文艺沙龙”，如朱彝尊、陈维崧、顾贞观、姜宸英、严绳孙等落魄汉族文人，当时被视为异类，他却热衷结交，常常引至家园饮酒赋诗。

今天，由纳兰性德崇拜者、研究者构成的“纳兰一派”，经常会争论渌水亭的确切位置。根据有关渌水亭的诗句，有主张其在皂甲屯明府花园的，有认为在玉泉山附近的别墅的，也有主张在桑榆墅的。还有人认为是在什刹海北岸的明珠府邸，现今宋庆龄故居里的小山上也确有一个叫“恩波亭”的亭子。据说当年纳兰性德亲自设计建造了渌水亭，后其弟揆叙受到周起渭题诗的启发，改名为恩波亭（周起渭原诗：“恩波流处远，更勒纪功铭。”）。这处宅邸至乾隆时期归和珅占据，后又归成亲王、醇亲王家使用。在成亲王时亭子重建，依然叫恩波亭。这些掌故是在该园子里长大的醇亲王家子弟溥任先生考证的结果。今天这个亭子还在，却是簇新的，不知何时翻建，已不再有旧物的说服力。

事实上，众人说明珠家在玉泉山有别墅，是从纳兰诗词中提及的清泉、山色推测的。从记载看，“自怡园”是纳兰性德过世几年后才建好，他自然不会住过此地，而诗词中西山的清丽景致更多出现在其上朝途中。于是，玉泉山附近是否有明珠家较为简易的住所，抑或有一个渌水亭，一直困惑着后世。

其实，桑榆墅紧邻海淀，此地北有水注清河，东有渠南流玉河，其西为泉水丰沛之地——万泉，其北还有一个叫“小泥洼”之地（今天海淀还有地名“大泥洼”，而“小泥洼”已不存在），也是浅水湖泊沼泽湿地。理解了300余年前海淀一带的地理面貌，便可知今天早已没有半个水坑的双榆树一带，在纳兰的时代确实风光旖旎，水波涟漪恰似江南。纳兰诗词中的泉水之辞是他随意在桑榆墅附近流连便可得到的灵感。不过，纳兰的寓所总是离不开水的，不仅桑榆墅“迟日三眠伴夕阳，一湾流水梦魂凉”，什刹海水岸则是荷花映日别样红，甚至远在上庄皂甲屯的明府花园，也有大片的河湖池塘（今天之翠湖湿地）。水之柔美清凉给了他丰富的诗才灵感，吟咏出来便是水波潋滟中迷茫的哀愁。

纳兰性德与年长他近20岁的顾贞观有着深厚的忘年交，他多次请顾氏来桑榆墅做客，还特在园子里盖出草房三间。文人们在草房内谈诗论道，颇有古风，名曰“花间草堂”。纳兰有《偕梁汾过西郊别墅》诗云：

迟日三眠伴夕阳，一湾流水梦魂凉。制成天海风涛曲，弹向东风总断肠。

小艇壶觞晚更携，醉眠斜照柳梢西。诗成欲问寻巢燕，何处雕梁有旧泥？

另有《风流子·秋郊即事》，写出了其所见所闻所想：

平原草枯矣，重阳后，黄叶树骚骚。记玉勒青丝，落花时节，曾逢拾翠，忽听吹箫。今来是，烧痕残碧尽，霜影乱红凋。秋水映空，寒烟如织，皂雕飞处，天惨云高。

人生须行乐，君知否？容易两鬓萧萧。自与东君作别，刬地无聊。算功名何许，此身博得，短衣射虎，沽酒西郊。便向夕阳影里，倚马挥毫。

这两首西郊诗词意在抒发胸臆，向往自在人生，也透露给我们当时双榆树一带的风情景物：垂柳、燕巢、一湾流水、天惨云高。最触目的是外出便是骑马射猎，然后在村野沽酒一醉。此番情景，今天站在中关村大街上，怎不觉是前生童话？

纳兰是否有诗词以明府花园为背景，目前并不好确认。准确地说，明府花园虽然也是纳兰家族的远郊别墅，但因有广大田畴，更像是他家的土地财富。后来几百年一直有佃户在此地耕耘，而定时地，便有纳兰家族后人前来收租。另一方面，它也是被当作祖茔及家族墓地来安排的，所以每年纳兰家人必往明府花园扫墓，桑榆墅是途中住所。

二、精细瓷碗贫车夫

纳兰一生最爱的女人应为他的第一任夫人卢氏。卢氏“生而婉娈，性本端庄”，两人情投意合，恩爱有加。但婚后不过三年，卢氏在生产纳兰的次子富尔敦时染疾，20岁年纪便过早离世。同样也只有22岁年纪的惆怅之人纳兰性德，对这一打击猝不及防。谁也没有想到如此年轻的生命便轻易逝去，当时纳兰家族的皂甲屯墓地尚未完全修好。卢氏出身、人品均属上佳，不但纳兰性德眷慕，明珠也是疼惜不已。卢氏死后一年其棺椁暂厝“双林禅寺”，而明珠赶紧请示康熙家中变故，康熙便御旨准许其加紧建设家族墓地，并诰封卢氏为淑人。一年后祖墓工程告罄，卢氏率先下葬皂甲屯，明珠祖先的衣冠冢也同时建成。

纳兰性德在卢氏死后又活了8年，他写下大量悼亡诗词，倾诉其内心的终不舍。这期间他的两个儿子慢慢长大，大儿子叫富格，是侧室颜氏所生，二儿子就是卢氏用一条命换来的富尔敦。他还有第三个儿子——富森，身世极其神秘，纳兰去世时他还没有出生，有关纳兰家族的碑文记略更是闪烁其词，称其为“遗腹子”，明珠墓志铭上则记为“福森”。

富森其母是谁？不详。据后世清人笔记如徐师鲁等辑《众香词》所附《沈宛小传》，以及各类纳兰学研究的推测，这个叫富森的儿子为江南琴川汉族女子沈宛所出。纳兰性德在康熙二十三年秋，有信请求顾贞观从南方返京时务必带回“琴川女子沈氏”，而纳兰与这位江南才女红粉知己仅仅交往了几个月的时间。他在德胜门为沈氏置屋别居，说明大家长明珠不接纳这个交际有些广泛的汉族女子入室，对这个南方来的女子复杂的背景有所顾虑。次年即康熙二十四年（1685）五月纳兰去世，沈氏怀有遗腹子是合理的。

富森如何长大，如何获取功名，如何展开他的人生，一切似乎都是未知。沈宛于纳兰过世后便消匿无踪，而相府的子孙在相府作为一个少爷成长自不待言。等到富森再次出现在文字记录里，这偶露的峥嵘着实让人大吃一惊：他活到了乾隆时期，不但获得过功名，且安稳终老，是纳兰家族里比较长寿的一位。通行的说法是，他活到了乾隆“千叟宴”时，但这似乎不太符合常理。乾隆皇帝的千叟宴搞过两次，分别在乾隆五十年（1785）、嘉庆元年（1796）。如果说富森1685年出生，第一次千叟宴时已是百岁，第二次111岁，可能性极低。事实上，纳兰富森参加的是乾隆二十六年（1761），乾隆为母亲崇庆皇太后举行的七旬祝寿活动。当时乾隆帝在香山赐宴三班九老，其中就有 76 岁退休的礼部尚书富森。

卢氏的儿子富尔敦，亦名海亮，他是正室嫡出，相关的记录比富森要多一些。根据《八旗通志·选举志》载，富尔敦为康熙三十九年进士。同科进士名录中，还有编籍汉军镶白旗的年羹尧，他后来娶了富尔敦的妹妹，也就是说，纳兰是年羹尧已故的老丈人。但这个妹妹很年轻就过世了。因为这层姻亲关系，年羹尧为纳兰小弟揆方写过墓志铭。富尔敦的官职为“通政司经历”，通政司俗称“银台”，掌管内外章奏和臣民密封申诉文件，“通政司经历”则负责收发文件及用印等事务。《清代内外文武职官品级表》标明“通政司经历”是“正七品”官员。

富尔敦可以说也是个读书种子，进士出身，擅长书法。他虽然官职不高，却可能惹过灾祸。中国第一历史档案馆编《康熙朝满文朱批奏折全译》收有《步军统领隆科多奏报访查奎绪家人钱二出逃缘由折》，其中有“兄兴德之子富尔敦发边后，钱二将富尔敦房婢夏洁买进伊房为婢”一语。隆科多这人（或者翻译者）文化水平令人着急，“奎绪”即揆叙，“兴德”即性德，我们由此知道富尔敦一支被发边了，也就是被流放边陲了。隆科多任步军统领是在 1711 至 1722 年间，说明发边一事发生于康熙末年，其后的状况就不甚清楚了。

有朋友转发给我一个网上流行的帖子《人民大学——曾经纳兰家族墓地》，登时令我迷惑：其家族墓地不是在上庄皂甲屯吗？怎么改人民大学了？于是赶紧查阅冯其利先生的记载。1999 年，冯其利先生在万泉庄找到久居当地的老人，打听纳兰家墓地之事。老人说有富格墓地在友谊宾馆，葬有富格及其子瞻岱，因为归属后人是清末的正一品九门提督叶广忠家，也叫“广大人坟”，占地 8 亩，界桩为“叶赫纳兰氏茔地”。这便知，人民大学校园后勤服务中心的西北侧草坪上，为何留有一部分墓地石像及石马石羊供案，另有明朝臣子服饰石人像及赑屃（此为从其他地方移来，与本墓地无关）。石马石羊算是比较高规格的石像生（供祭仪物），至少要到二品、三品官职的官员墓地才可设置。如果说富格、瞻岱、叶广忠葬于此地，他们作为一品二品清朝官员，是符合规制的。

严格说，人大纳兰墓地确实葬过纳兰性德长子富格及其长孙瞻岱。富格神道碑中记载：“惟公卜吉于海甸以南双榆树之阡。”后来是否下葬过叶广忠，不是很确切。1951 年，政府将西郊 5000 亩土地划给人民大学，墓地后人叶超和儿子叶默林曾致信北京市政府和西北军政委员会土改委，提出保护这片墓地，并与人民大学签署了迁坟协议。很快，皂甲屯墓地起了三顶新坟，便是从人大墓地迁过去的。

那篇网络文章又说，人大的纳兰墓地还葬有纳兰正室卢氏、纳兰母亲觉罗氏，这就是谬误了。前文提及，桑榆墅大约建造于1680年前后，卢氏是1677年过世的，她的棺椁在双林禅寺暂厝一年，第二年明府花园建好后，就下葬到皂甲屯了。而纳兰母亲觉罗氏死后的确暂厝过桑榆墅墓地，那是因为其丈夫明珠大人还在世，明珠过世后，觉罗氏也很快移葬皂甲屯了。

富格是纳兰三个儿子中唯一一个生平有比较详实记录的人。他是纳兰的侧室颜氏所生，是长子，但也是寿数最短者，仅得寿26载，还不如其父。富格是优秀青年，极具才学，“名父之子，不与凡俱”（富格神道碑）。但他在世时没有获得功名，身后因家世荣光，获赠光禄大夫副都统，又晋赠光禄大夫提督直隶总兵官都督同知。他的儿子瞻岱成人后很有出息，官至乾隆朝正红旗满州副都统、提督直隶总兵都督同知，算是纳兰性德出色的孙子。富格为什么没有葬于皂甲屯？最主要原因是他死时太过年轻，其祖父明珠大人尚且在世。排查皂甲屯现有的11座坟冢，富格这一支，包括纳兰的侧室颜夫人都没有入家族墓地。所以所谓“人大纳兰墓地”，准确说，应该是富格这一脉子孙的墓地。到人民大学圈地时，尚有大小坟头30余座，自富格下葬已过250余年，不排除有其他叶赫那拉氏族人也埋葬于此。

纳兰家族里面还有一位神秘人物，就是纳兰续娶的夫人官氏。说起与纳兰性德相关的几位女人，官氏的出身是最高贵的。卢氏虽为两广总督卢兴祖之女，但官氏的祖父图赖和父亲朴尔普都是一等公、朝廷重臣，她自己也被封为淑人。朴尔普是统领皇宫安全的领侍卫内大臣、纳兰性德的顶头上司，但纳兰墓志铭上“朴尔普”三字却被刮掉了，应为后人所为，非常蹊跷。官氏的形象之所以神秘，是因为她有所来却无所终。她没有给纳兰家族留下孩子，身居纳兰家族七八年，只是在别人的墓碑上留下一个姓氏，父亲的名字还被刮掉了。关于她的终局没有任何记录，无论皂甲屯墓地还是人大墓地，都没有她的任何踪迹。极大的可能是纳兰过世后，没有子嗣的她悄悄离场，回归娘家，年龄才只有二十几岁。守寡应在夫家，回归娘家意味着她的归宿是择人再嫁。

纳兰家族原本为叶赫那拉氏，清朝覆灭后改汉姓“叶”。中华人民共和国成立之前，叶氏家族分为 7 户，北京有 3 户，去外埠 4 户。据说在京者有一户叫叶锡恩，今天很多文章称叶锡恩是个落魄的纳兰后裔，沦为人力车夫云云。叶锡恩这个名字的来历并无考证，不过，有文字证据的一位叫叶连德的，确与皂甲屯祖墓有关联。

1932 年，这位叶连德状告魏永福、窦长青等盗取其皂甲屯祖墓，该案有当时法院档案为证。窦长青的妻子在请求保释书里说叶连德“穷迫”，穷疯了，当然是贬低之语，但叶连德是个穷人应该没有异议。卷宗里叶连德登记的住址是地安门西板桥二号。

纳兰家族皂甲屯祖墓分南寿地和北寿地，南寿地葬的是明珠、纳兰性德及眷属，北寿地葬的是明珠另外两个儿子揆叙、揆方及眷属。叶连德只打理南寿地，不管北边，可见他是纳兰性德这边的后人。

另一条线索也指向这个极其落魄的纳兰后人。20 世纪 30 年代初，张任政为编纂纳兰性德年谱，专访纳兰家族后裔，提及“有名锟钰者，先生之后裔也，前数年卒。有子一，年甫壮，飘沦无室家。初依其族伯，族伯亦贫甚，不堪久依。今且执挽夫之役，贾劳力以自为活，短衣黧面，奔走于通衢间”。这位年少失怙的后裔投靠伯父，伯父亦穷，就成了跑街串巷的人力车夫。

巧合的是，20 世纪 30 年代某日，金受申先生在地安门喝酒，看到一位洋车夫持碗底有红款鸳鸯社的精细瓷碗买酒，惊奇地问你家坟地在皂荚（皂甲）屯吗？车夫答是。遂与车夫攀谈，知其为纳兰性德后人。请注意，金受申先生偶遇此人的地点是地安门。这个人，极有可能就是家住地安门的叶连德！纳兰家后人沦为一枚苦力车夫，真是令人慨叹。

至于叶连德到底是富尔敦还是富森的支脉，我更倾向是那位老寿星，也就是沈宛为纳兰生的儿子富森的后裔，因为富尔敦家因获罪早早被发配边疆了，那一脉的后裔重返北京的可能性有，但不是很大。富格早早过世，且墓地在双榆树。只有富森还以高龄出现在乾隆爷的宴席上，所以这一支脉延续下来的可能性更大。

三、随扈康熙故园梦

纳兰性德来世上 30 载，他的活动范围有限，离开京城的几次都是随扈康熙皇帝。纳兰的母亲是皇太极弟弟英亲王阿济格的女儿，和康熙的父皇顺治帝是堂兄妹，所以康熙是纳兰的表哥。他比纳兰稍长一岁，是年轻而严肃的皇帝。

康熙的帝王诗章与纳兰的诗词风格迥异，表达的是君临天下、气壮山河，这便是各人心中有各人的天地宇宙。

康熙三十五年（1696），康熙帝亲征噶尔丹。噶尔丹忽见这位皇帝的御驾降临沙场，张皇失措，不战而逃。康熙便作诗：

战马初闲甲士欢，挥戈早已破楼兰。弥天星斗销兵气，照彻边山五月寒。（《班师次拖陵》）

而纳兰于康熙二十一年（1682）随康熙行军辽东时写下的词句却是：

山一程，水一程，身向榆关那畔行，夜深千帐灯。风一更，雪一更，聒碎乡心梦不成，故园无此声。（《长相思》）

除去“夜深千帐灯”能让人感受到康熙大帝出征的庞大阵势，其他都是纳兰心中的故园残梦。

两位青年才俊，英姿勃发，但他们看世界的眼却是如此不同。纳兰遇公事必虔，不辞劳苦，康熙发出赞叹：“此富贵家儿，乃能尔耶！”姜宸英又记纳兰病重及殁之时：“悲夫！君始病，朝廷遣医络绎，命刻时以状报。及死数日，梭龙外羌款书至。上时出关，即遣宫使就几筵哭而告之，以前奉使功也。赙恤之典，皆溢常格。呜呼！君臣之际，生死之间，其可感也已。”（姜宸英撰《通议大夫一等侍卫进士纳腊君墓表》）从这一段记述，可知康熙皇帝对纳兰的惜怜。

除了随扈康熙皇帝巡察，纳兰的大部分时间都在京城度过，前 25 年在什刹海北岸明珠府邸，后 5 年多一些在桑榆墅备勤。他的人生就如露水般晶莹而短暂，留给后人 300 余首诗词，编撰了一部儒学汇编——《通志堂经解》，深受康熙赏识。他还把自己熟读经史的见闻感悟整理成文，编成四卷《渌水亭杂识》。

梁启超赞纳兰乃“清初学人第一”，王国维更盛赞其为“北宋以来一人而已”，真心叹服纳兰性德卓尔不群的天赋。正如王国维的评语：“以自然之眼观物，以自然之舌言情。此由初入中原，未染汉人风气，故能真切如此。”（《人间词话》）纳兰的质朴真情少有汉文人的矫饰雕琢，打动着无数人本真的那面心扉。

“一生一代一双人，争教两处销魂”，“唱罢秋坟愁未歇，春丛认取双栖蝶”，“人生若只如初见，何事秋风悲画扇”，“我是人间惆怅客，知君何事泪纵横”。332 年时光渐远，总有些人，还是会为这样的诗句泪流满面。

2017 年 6 月 22 日

于万柳

紫禁城：苏州来的“蒯鲁班”

南京博物院保存着这样一幅图绘：上面画着紫禁城的辉煌盛景，殿宇宏丽，朱甍碧瓦，不似人间，如梦中之城，而旁边立着一位着官服者。城池与人物不成比例，这也是中国画并不讲究透视比例而只关注了明其意的特色，人物与景物放在一起是为了说明官员与城池之间的关系。这是紫禁城大功告成后，工部官员呈给明朝皇帝朱棣的一份完工报告，其名为：《明宫城图》，一式两件，现北京故宫与南京博物院各存有一件。藏于故宫博物院的“红袍官人”旁有“工部侍郎蒯祥”字样，而藏于南京博物院者则没有。据历史学家顾颉刚考证，两画均是写真、纪功画，但收藏地点不同，区别就在于红衣人旁边的题字。有题字的画是献给皇帝的，有官衔及名字，没有题字的画是留给家族子孙作为纪念的，以兹证明此人的辉煌功绩。

这位红袍官员便是大明永乐年工部侍郎，吴县香山（今属苏州）人蒯祥。永乐十五年（1417），他初次北上京城还不到 20 岁，朝气蓬勃，是子承父业为明朝皇宫及皇家建设提供劳务的在籍工匠。在当年，技艺高超的工匠必须保证为皇室服务，年老退休则必须有子侄接替。而当年在南京皇宫的建设中，蒯祥的父亲蒯富已是名满天下的匠人之首，“能大营缮，永乐中为木工首”。但北京工程他没有参与，或许是身体不佳告老还乡了，由一直跟随左右的、有着建造天才的儿子接班领导“香山帮”，出任“木工首”，跟随朱棣皇帝北上，营造人类史上伟大的建筑艺术瑰宝——明皇宫，即紫禁城的前身。

这些聪明才智无与伦比的南方工匠将江南的建造艺术、琉璃金砖、苏州彩绘、精巧的榫卯工艺、传统的汉制营造技艺，充分展现在明皇宫建设上。经过三年的紧张施工，承天门（即今天的天安门前身）竣工，恢弘壮丽，屹立在辽阔的北方大地上，巍巍然雄浑大气，得到成祖朱棣的高度赏识。据推测，朱棣一定知道这个颇具才华的年轻人，因为有传“蒯鲁班”的称号是从朱棣这里叫起来的。《明实录宪宗实录》记载，蒯祥“一木工起隶工部，精于工艺”；“凡殿阁楼榭，以至回廊曲宇，随手图之，无不称上意者”，表明皇帝对他的工作非常满意。直到 40 多年之后，成化皇帝朱见深召见已是老年的工匠蒯祥，见面还称呼他为“蒯鲁班”。

蒯祥精于尺度计算，他测量定线的建筑中轴线与京城中轴线完全吻合；他的画技高超，画出的图纸与完工的成品几乎无异。他还能双手握笔，同时在一根柱子上绘龙，“画成合之，双龙如一”，令人叹为观止。

营建北京皇宫令蒯祥一举成名，被提升为工部“营缮所丞”，直至官至工部侍郎，授二品官，享受一品官俸禄。他一生大部分时间远离江南，在北京生活，主持营建了京城一系列重大工程。具体有：北京皇宫、皇宫前三殿、长陵、献陵、隆福寺、戒台寺（明英宗时期）、西苑（今北海、中海、南海）殿宇、裕陵等。这里要说明的是，“皇宫前三殿”指太和殿、中和殿和保和殿，由于 1457 年被大火烧毁，8 年后明英宗又请他重建。据记载，“自正统以来，凡百营造，祥无不予”。至于长陵的建设，在 1413 年即已完成地宫，蒯祥更多地是参与地上建筑营建，在 1427 年完工。成化时，蒯祥已是七八十岁的老人，但仍“执技供奉”。可以说，这位南方青年将毕生的才华智慧奉献给了北京。他以高寿（83 岁）辞世，皇帝派人转达慰问，其身后发送故里，安葬于太湖之滨——江苏吴县香山渔帆村，墓前有天顺二年

（1458）明英宗所赐的“奉天诰命碑”。

蒯祥背后的主要技术及施工力量是香山帮。香山帮是由木匠领衔，集木匠、泥水匠、石匠、漆匠、堆灰匠、雕塑匠、叠山匠、彩绘匠等古典建筑中全部工种于一体的建筑工匠群体。这些身手不凡的能工巧匠以江苏吴县香山人为主，手艺精绝，名满天下，为皇室御用。这个苏州人为主的匠人团体，包括蒯祥家族，直到晚清末年一直活跃在皇室工程的建设中。

蒯祥建造的皇宫南门当时被称为“承天门”，是皇宫工程的一个组成部分。寓“承天启运，受命于天”之意，南京皇宫的大门便是这个名字，而其渊源是隋唐皇宫城门的名号。

承天门为一座黄瓦飞檐的三层楼式的五孔木牌坊，建造时完全模仿南京的承天门，唯尺寸有所放大。据《明实录太宗实录》记载：“（北京皇宫）凡庙社、郊祀、坛场、宫殿、门阙，规制悉如南京，而高敞壮丽过之。”因为形制一致，故也命名“承天门”，牌坊正中高悬“承天之门”匾额。这方匾额一直挂到崇祯末年。据说李自成率领农民军攻到皇城门外，看着这匾额便来气，承什么“天”？该是变天的时候了！立马弯弓，对着匾额上的“天”字一箭射去，却没想到，箭头射到“天”字之下，好没面子。如果不吭不哈直接杀进明宫也就算了，旁边竟有人言："有天命者任自为。"这句话可以有多种解读，比如可以理解为真天子不在乎是否射下旧朝牌匾这等小事。可李自成不这么想，或许他对自己的"天命"尚不自信，故大怒，一把火烧了承天门。

其实，李自成火烧承天门是承天门第二次被焚毁。它第一次被焚是蒯祥在世的天顺元年（1457），因遭雷击起火。1465 年，到了成化皇帝时期，年近七旬的老匠人蒯祥再次领衔设计并重建了承天门。这次重建，将原来的东西宽五间、南北进深三间，扩大为宽九间、进深五间，形制由原来的牌坊式改建成宫殿式，由城台和城楼两部分组成，是当时北京城里最为宏伟的门楼。黄瓦朱柱，上为面阔五间的门楼，下为开有五孔的城台，外有金水桥五座对应，两侧分列石狮、华表，与今日我们看到的天安门形制基本一致，只是体量略微小些。毫无疑义，蒯祥奠定了今日天安门的基本结构、框架及面貌。

清朝兵马进入北京城时，看到的是被李闯王烧毁的承天门。作为皇宫的南大门，这副残状不成样子，于是很快，第二年就基本按原样修复了承天门。到了顺治八年（1651），清世祖福临下令对其大规模改建，并更名为"天安门"，取"受命于天，安邦治国"之意，除了表达王朝承天之意的合法性，又加入了唯愿天下平安的意思。清廷统治者认为这座城门对于帝国威严的象征极其重要，至康熙朝60年间又对其进行了两次大规模的修缮。

清光绪二十六年（1900），八国联军攻入北京，炮轰天安门及大清门。当时八国联军想用炮火把城门摧毁，无奈城墙深厚，基石结实，没有炸烂，只在城门上留下不少弹坑，便放弃了。后来又有洋人对这个帝国的象征咬牙切齿，建议一把火烧掉，这很像李自成射匾不成怒烧城楼的故事。但后来八国联军的司令瓦德西干脆决定在天安门阅兵，他觉得在一个被炸得满目疮痍的城门楼前阅兵更加不同凡响、神气活现。

中华人民共和国成立后，天安门进行过多次整修，但多数属于粉刷修缮、安装避雷装置等维护性工程。直到1969年进行了一次根本性的重建。

1969年12月15日至1970年4月7日，为彻底解决天安门城楼几百年来积存下的种种问题和不安全隐患，政府决定秘密重建。当时城楼最严重的问题是，经过明清500多年岁月风霜，且华北地区数次大地震，天安门地基已下陷，建筑结构已严重损坏变形，建筑材料也发生空鼓锈蚀。1965年，技术人员在对天安门城楼的一次检修中发现，大殿正厅12米高的柱子已经空了近10米。1966年河北邢台发生6.8级强烈地震，使天安门城楼结构的损坏变形程度加剧，随时有垮塌的可能。当时政府认为修补已无济于事，决定将旧城楼拆除，按原规模和建筑形制重建天安门城楼。在拆除西山墙时，一名工人取出一发直径 9.5 厘米、高约 45 厘米的完整炮弹，工程指挥部立即指示公安部门将其连同周围的土全部取走研究。后来在拆除中又先后起出六发规格相同的炮弹。这些炮弹很有可能是八国联军留下的“礼物”，后续修复时没有发现这些打进墙体的炮弹而只将外表的弹坑填补掩盖。这次重建无意发现并排除了这些炮弹隐患。

这是一次秘密的维修，甚至生活在京城的人们都不知晓。当时保密程度之高，连进场施工人员也对此不甚了解。他们只管负责自己分内的工作，不敢打听也不敢想象这是在“拆门建门”。施工队伍由木工连、瓦工连、彩油连、架子工连和混合连五部分组成，每个工种各有各的证件，只在自己的指定地点工作，每道工序之间不准互相打听，连家人都不能告知。这些京城的能工巧匠用 8 天时间搭好苇席天棚，把天安门遮盖严实。用 7 天拆除旧城楼，不显山不露水。112 天之后，架子拆开，天安门再现京城。重建的天安门城楼实际通高 34.7 米，比之前“蒯祥版”城楼高了 87 厘米。但对于普通百姓而言，只是感觉焕然一新，以为是维修完成，谁也不知天安门竟是拆后重建。

除了增高 87 厘米，这次秘密重建对“蒯祥制式”

的最大修改是在彩绘装饰上。天安门城楼正脊两端的大吻，本为龙，有人认为，“仙人走兽”装饰和城楼上的“金龙和玺”彩画都是“封建四旧”，应该打倒，要用葵花和延安宝塔等取代龙雕龙饰。也有人认为应当按照传统的方式修建（真为这些人的勇气点赞！），认为只有用级别最高的“金龙和玺”彩画、大面积描金，才能与天安门的政治地位相符。在当时的档案文件中，还有“工农兵”“万年青”“井冈山”等备选图案。周恩来采取了折中的办法：天安门彩画整体用朴素的“大丽花和玺”图案，勾头等小型琉璃瓦可用“向日葵”图案，其余一切照旧，没有改龙吻。1984 年天安门城楼维修时，彩绘图案恢复了历史原貌，即金龙和玺，只是“向日葵”琉璃瓦勾头仍保留至今。

今天，很少人会关注紫禁城的设计建造师蒯祥。紫禁城积淀的厚重历史文化及被赋予的国家权力象征，已使它远不是一座单纯的建筑，但它的设计建筑师却被历史的尘埃遮蔽。那个来自苏州，能两手并举绘龙，精准放线，有着天才想象力及精准落实能力的年轻人，他只是克勤克俭尽了一个建筑工匠的本分。他一心一意做的就是在北京的晴空下建造红墙金瓦，辉映天地间。那是与他小桥流水的江南水乡截然不同的北方气象，他成功了，成就了举世赞叹的辉煌。

蒯祥大概想象不到，他设计建造的皇宫南门承担了一个大国的建筑标志、政治标志、文化标志，是权力和荣耀的象征。小了说，它是紫禁城城门，大了说，它是国家的象征。

自朱棣永乐十九年（1421）在此处昭告天下，大明迁都北京，这座城门便是明、清两朝皇帝颁发重大诏令之地，称为“金凤颁诏”。据《日下旧闻考》记载：“凡国家大庆、覃恩，宣诏书于门楼上，由垛口正中，承以朵云，设金凤衔而下焉。”这是一套隆重繁琐的皇帝颁诏仪式：皇帝诏书宣读完，由奉诏官把诏书卷起，衔放在木雕的金凤嘴里，再用彩绳悬吊“金凤”从天安门垛口正中徐徐放下。城楼下早有礼部官员双手捧着“朵云”（即雕刻成云朵的木盘）等在那里，这样，“金凤”嘴中的诏书也就落在“朵云”中了，此举便是“云盘接诏”。完成仪式，诏书才能向全国各地颁发，由此可见天安门具有的显赫政治象征。遇有皇帝登基、大婚等重大庆典活动，都要启用天安门。皇帝每年祭天、祭地、祭五谷时，也由此门出入。此外，将领出征时祭旗、御驾亲征时祭路、刑部秋审等重大仪式也都在此举行。同时，天安门还是“金殿传胪”的场所：当年考取的进士身着公服，恭立于天安门前听候传呼，然后与王公大臣一起进太和殿分列左右，肃立恭听宣读考取进士的姓名、名次。

故而，能恭立于天安门前便象征着寒门读书人即将跳过“龙门”。

1949 年以后，天安门成为现代中国的象征，并被设计入国徽。今朝天安门对于中国、中国人有着非凡的意义，它以其 500 多年厚重的历史内涵、高度浓缩的中华古代文明和现代文明，以及政治中心的象征性，吸引天下游客驻足参观。

今天的大都市建造了无数标新立异的高楼大厦，谁第一高，谁第二高，谁是地王，谁更摩天（摸天），但能被人呼出其名的又有几幢？而在中国，又有谁不知道天安门，谁家相册里没有几张在这个城门下的留影呢？那么，也请记住那位把一生聪明才智都献给了北京城建设的苏州人蒯祥吧。

2017 年 6 月 15 日

万松老人塔：人间闹市里的斜阳塔影

一、万松行秀与耶律楚材

它的历史已近 800 年，历经北京及周边数次大地震，最近一次，更有修地铁 4 号线时盾构机的剧烈施工，但它始终没有斜，更没有塌，像个道行高深的老者，脚跟扎实地站在大地上。岁岁年年，无数众生经此而过，望之温厚慈悲，令人心化。它便是万松老人塔，始建于元代，位于北京城内西四南大街 43 号，大路西侧。塔高 16 米，八角九级密檐式砖塔，斜阳塔影，精致玲珑，是城区内仅存的一座古代砖塔，无可争议的地标性建筑。

因塔得名的砖塔胡同则是北京的“胡同之根”，自元朝时，它就叫砖塔胡同。被游客踩得地面都烫的南锣鼓巷，究其历史名号，不知被砖塔胡同甩掉几条街。乾隆十五年（1750）由内府绘制的《京城全图》中才有南锣鼓巷之称。今天还能叫出元大都时期名字的胡同很少，大约不过十几条，而砖塔胡同便位列其一。元大都时期城市区域是以“坊”来划分的，共五十坊，砖塔胡同属咸宜坊。

在元人李好古的杂剧《沙门岛张生煮海》中，可以找到砖塔胡同早有名声的佐证。张生与龙女定情后，家童亦来凑趣，与龙女的侍女梅香调情。

> 家童云：“梅香姐，你与我些儿什么信物！”
>
> 侍女云：“我与你把破蒲扇，拿去家里扇煤火去！”
>
> 家童云：“我到哪里寻你？”
>
> 侍女云：“你去那羊市角头砖塔胡同总铺门前来寻我。”

侍女在这里嘲弄家童，意思是，还要信物？给你把破扇子，哪儿凉快哪儿待着去，你敢光天化日之下到繁华闹市裹乱调戏吗？这段有趣的对话中有两个今天在京城西四地区依然存在的地名：羊肉胡同（羊市）、砖塔胡同。“羊市角头”即羊的交易市场，人头攒动，是闹市。西四一带当时是大都城三大闹市之一，集中了米市、面市、马市、羊市、骆驼市，其他两大闹市分别在钟鼓楼和东四南大街一带。

砖塔胡同依傍砖塔，因砖塔而生。万松老人塔位于胡同东端，是金元高僧——万松行秀禅师的墓塔，它曾在伏地绵延的城区建筑里鹤立鸡群，高挑挺拔，惹人眼目。人们乐与出类拔萃者为伍，且佛教高僧之灵塔，能激发民间无穷无尽有关神通法力的幻想，反正是吉地一方，何不往之？

万松行秀禅师自称“万松野老”，世人尊称为“万松老人”，为当年北方佛教界声名赫赫的高僧大德。以其殁年推断万松老人塔始建何年是比较牢靠的，他生于1166年，圆寂于1246年，这座砖塔大约建于他圆寂之后不久。此塔没有塔铭可考，有人猜测是向他参学三年的弟子、大蒙古国中书令（相当于宰相）耶律楚材恭建。按说，重臣是有能力办理此事的。不过，倚重耶律楚材的窝阔台大汗在1241年去世，皇妃乃马真氏不喜欢耶律楚材持重谏言，渐渐冷落他，三年后他便郁郁而终，这时是1244年，所以，这座塔不会与耶律楚材有关系。不是重臣所建，不是皇家敕建，应该就是万松弟子所建，为供奉其灵骨舍利用。

当时共为万松舍利建塔两座，除了北京西四这座，河北邢台还有一座。因万松老人15岁出家是在邢州（今河北邢台）净土寺，所以弟子们便在那里建一塔，埋下另一半舍利。但今天，那座塔与寺更是片瓦无存，文献记录只局限在元朝，后续情况不明。2000年，当地政府于原址重建，已无任何古文物。不过好在有李仝作《万松舍利塔铭》记载于光绪三十一年（1905）《邢台县志》内，由此可推测清光绪年间至少此塔塔铭还在。塔铭将老人行状记载于世。

李仝的父亲李纯甫，字之纯，号屏山居士，金末著名文学家，是万松老人的居士弟子，与耶律楚材多有交往。耶律楚材为李纯甫《楞严外解》作序，曾提到“其子阿同辈待余以叔礼”，“阿同”便是李仝，后来他也成了万松老人的在家弟子。他这样的身份对万松老人事迹的描述不会虚妄，所以，曾经勒碑于邢台古寺——净土寺的这篇塔铭，无疑给京城这个有塔却无塔铭的“万松老人塔”做了一个比较好的注释。

万松行秀的传记资料有很多，但最直接的资料莫过于李仝所作《万松舍利塔铭》。这个塔铭概述了万松老人的出家因缘。他俗姓蔡，自称万松野老，为金国河内人（今河南洛阳南部），前50年在金国生活，后31年在大蒙古国统治的京城度过，住在京城从容庵。他15岁在邢州净土寺出家，后云游北方名寺求法，如潭柘寺、庆寿寺、万寿寺等，聪慧过人，长于机辩，在磁州大明寺雪岩慧满禅师座下受益，并得曹洞宗慧满禅师传授衣钵。有著作若干，但今存世的仅有《从容录》《请益录》。

在大明寺得授雪岩慧满衣钵之后，邢州净土寺“尊宿闻之，欣然与众具疏敦请”，他念及在净土寺出家受戒之因缘，便欣然前往传法。他在净土寺建有“万松轩”传授佛法，“万松”之号由此而来。

塔铭还记录了万松老人几个精彩的人生瞬间：一是他与金章宗的交往，即金泰和六年（1206）秋天发生的事情，这段故事在耶律楚材的《湛然居士文集》里写得更为生动：那年秋天，金章宗去西山狩猎，当时万松老人正受邀住在仰山栖隐寺，主事僧过来说：皇帝来啦，本寺要献上些珍玩，不然官家必有责难。禅师说：皇帝富有四海，贵为人中第一，还需要我们献上什么珍奇异物？这样吧，我写个偈子递上去算作礼物。偈子云：“成汤狩野恢天网，吕尚渔矶浸月钩。”可以理解为胸怀宏大的君王将自然功成，也可以理解为颂扬章宗，将其誉为成汤，有天意辅佐，是时势天子。佛门弟子理解如前，章宗呢？反正结果是，章宗看到此偈大为叹赏，马上上山进香，还多次到方丈室与行秀说话，回宫便赋诗一首并赐钱二百万遣使送来。使者传敕令其跪接，禅师说：“出家儿安有此例？”于是，只是站着并焚香听了诏旨。行秀只以法为师，并不趋谀强权，令人敬服赞叹。章宗亦不以为忤，并加固了其佛教信仰，行秀禅师以行为向帝王弘扬了佛法真谛。

栖隐寺在仰山之上，仰山峰峦拱秀，中顶如莲花心，旁有五峰，为独秀、翠微、紫盖、妙高、紫微。其中独秀峰是金章宗命名的，正是为了表达对行秀禅师的敬意。今天京城人大多只知道妙高峰，因为上有娘娘庙，其他就不甚了了。

1214年，金宣宗放弃中都而迁都南京（今开封），蒙古人再次与金人开战。1215年，中都失守，为大蒙古国占据。（蒙古将其命名为大都府或汗八里是1272年以后的事情，这之前的五十几年蒙古人在此设置的机构叫“燕京路大兴府”，后来又叫“中都路大兴府”。）蒙古人攻占中都时，行秀弟子请禅师过河，跟随金帝去黄河之南的开封，禅师说了一句掷地有声之言：北方人（指蒙古人）就不知道佛法了吗？便坚持留在此地，诵读楞严咒不辍。

蒙古人并不灭佛，其实人家早就与佛教结下深缘。成吉思汗对宗教的态度是兼收并蓄，不管是佛教、道教还是伊斯兰教，一律平等对待；到了忽必烈时代，更是将佛教转为国教，这是后话。

成吉思汗之重臣耶律楚材在25岁初遇万松老人，参学三年，并习得“以儒治国，以佛治心”的道理。

现存耶律楚材致万松老人的唯一一封信函，开篇即云：“嗣法弟子从源，顿首再拜师父丈室：承手教，喻及弟子有‘以儒治国，以佛治心’之语，近乎破二作三，屈佛道以徇儒情者。此亦弟子之行权也。”“以儒治国，以佛治心”后来成为耶律楚材辅佐两代蒙古大汗（成吉思汗与窝阔台汗）的思想指南。譬如他积极恢复文治，以儒家治国之道提出和制定了各种施政方略；反对滥杀生命，保护百姓安全，如蒙古剿灭金朝时，在耶律楚材的请求下，杀戮主要针对金朝权贵，而对曾经抵抗的开封人民网开一面；主张尊孔重教，整理儒家经典，如1232年蒙古军攻开封时，耶律楚材遣人入城求得孔子51代孙孔元措，并请求窝阔台继续封孔元措为“衍圣公”（孔元措在事金时已被金章宗封为“衍圣公”）。耶律楚材使蒙古贵族逐渐接受并采用儒教思想和制度来治理人民，把一个战争乱世向和平盛世转化，保存了中原文明，为后来忽必烈建立元朝奠定了坚实的基础。

万松老人把余生三十年贡献给大蒙古国统治下的北方佛法事业，并以言行语录某种程度上影响世事。由于对耶律楚材的影响，后世对万松老人的评价不仅限于事佛高僧，还高度评价他儒释兼备，会通百家之学，有“将相之才”。他对佛教各宗也熟晓精通，辩才无碍。

耶律楚材写过一篇《万松老人万寿语录序》，对万松老人的佛学成就做出总结，称其“全曹洞之血脉，具云门之善巧，备临济之机锋”。可以说，万松老人算是开禅、教合一的先驱，兼备曹洞、云门、临济三家之学，以取长补缺。

万松老人与耶律楚材因缘具足的相遇，不仅是传授治国治心的大事，有时也机锋斗嘴，诗文往来，互为叹赏。耶律楚材有一张好琴，名叫“春雷”。这是一张唐朝传下来的天下名琴，被善曲的宋徽宗弹奏过，后来被金国人灭北宋后抢走，痴迷汉文化的金章宗对其爱不释手，死后就将其作为陪葬品埋在墓地里了。再后来，蒙古人把这琴从章宗坟里刨出来，归善弹的耶律楚材所有。万松老人亦善弹奏，索之，耶律楚材不但把琴给他，还送了个曲谱叫《种玉翁悲风谱》，并附了首诗，诗句称“一曲悲风对谱传”。师徒情谊，遂成趣谈。

万松老人圆寂之前，将“春雷琴”归还至耶律楚材之子耶律铸处，后历经各朝，又多番易主。

二、七百年里的护塔故事

万松老人塔矗立世间两百余年后，明人刘侗、于奕正所著《帝京景物略》记述了此塔在明末时的情形。说当时塔在“乾石桥之北，有砖甃七级，高丈五尺，不尖而平，年年草荣其顶，群号之曰砖塔”。不知从何年开始，人们依塔建屋，从远处望去，仿佛塔从房屋中穿出。民居愈来愈密，酒食店更是把酒坛子围着塔基，大扇的猪肉挂在塔上招揽，切肉刀钝了，干脆就拿塔砖当磨刀石，咔咔磨得山响。更有那喝得醉醺醺的酒客，围着塔转悠，拍砖呼吼，又唱又骂，一副人间丑态乱哄哄，两百年了也不见有人供个香火。后来有个叫乐庵的僧人路过此处，看到塔额“万松老人塔”，想到老人灵塔被如此作践，不禁恸哭，并赶紧行拜礼，发愿维护。于是乐庵四处募钱，把那些磨刀的卖肉的卖酒的一律迁走。虽然乐庵和尚拆不了房子，也没有能力为塔修庙，但他总算是让砖塔有了清净的环境。

到清朝乾隆年再次修缮时，《日下旧闻考》是这样记录的：“万松老人塔在西四牌楼南大街之西，其北则砖塔寺胡同也，塔在民居中，原额无存，本朝乾隆十八年奉敕修九级，仍旧制，塔尖则加合者也。”其实没有砖塔寺这么个寺，所以还是砖塔胡同，但因为民居拥塔，远看者也分不清什么情况。

因为居民集中，明清时砖塔胡同分出岔口，又衍生出不少小胡同，除了一般商贾、居民，这里还成了戏班曲家聚集之地，难免又衍生出一些堂子，集中在邻近的粉子胡同。《骨董琐记》据萍迹子《塔西随记》称，砖塔胡同“曲家鳞比，约二十户”，光绪初年，贵戚及官员趋之若鹜，到了光绪后期，这些曲家脂粉才被轰走，又都改为民居。

我们今天看到的这座塔的外表即清乾隆年间修缮的，塔南侧嵌有一方纪事石刻，上书“乾隆十八年岁次癸酉七月谷旦康亲王臣永恩奉敕重修”。这位康亲王懂得珍惜文物，他并没有把原塔拆除。1986 年文物部门在维修时，发现外层塔里竟然还有一座砖塔。这座被包在里面的塔，就是最初建的八角七级元塔，用元代特有的薄砖叠砌而成。而包在外面的塔身，则是清乾隆年间那位康亲王永恩所建，是清塔式样。

1927 年，蒋介石政府定都南京，北京城因北洋政府奉系退出关外而地位降格。当时有打着办学办公名义的官员大肆夺取庙产和其他文物古迹，包括万松老人塔。京兆尹李桓为谋私利，变卖官产旗产，也盯上了万松老人塔。

为保护万松老人塔，前北洋政府交通总长叶恭绰组织了“万松精舍”，成员包括邓守瑕、齐之彪、关赓麟、朱道炎等人。经多次交涉，李桓同意把万松老人塔交给“万松精舍”管理，但除了塔，只给他们一小块地皮。而当时塔周由“桥洪羊肉店”占据，活羊拉来当场宰杀，羊粪、血水脏污不堪。叶恭绰先生是虔诚的佛教徒，在家居士，于是再筹钱将羊肉店迁走，并出资建了围墙，修了门楼，并亲自在门楼题额“元万松老人塔”。平日门楼锁上，钥匙交给不远处的广济寺和尚保管。

待到日军侵占北平，社会再次动荡。1940 年，塔院被一个叫张海良的牙医私自侵占，在这里开了一家牙医诊所。1950 年，本已寓居香港的叶恭绰先生回到北京，先是任中央文史研究馆副馆长，后任中国画院首任院长。他看到古塔再次被商业店铺包围，便请求政府出面给予保护。他致文化部函中写道：“同人当时做这件事（按，指 1927 年保护万松老人塔）纯为保全古迹起见，因当时政局纷暗，恐交与政府再遭毁弃，暂未交出。遂越多年，同人等亦多死亡分散。今值政府清明，且对古文物建设的保存特为注意，合行函请贵局将该塔院地段及建筑、树木接收管理，编入永久保存古迹之列。”政府文物部门随即按叶恭绰函件接管万松老人塔。这时，算是正式将万松精舍对古塔的管理权移交国家。

叶恭绰于 1968 年 9 月 16 日去世，得年 87 岁。他平生做过无数护持佛法、助建寺院、赈济穷人、保护文物（如保护毛公鼎）的大善事，保护万松老人塔只是其中一件，而当年的万松老人和耶律楚材是不可能想到他们身后的护法故事的。僧人乐庵、居士叶恭绰，还有众多不知名的人，每当古塔披戴金辉之时，定有他们的功德化作闪耀之光，普照人间。

鲁迅在砖塔胡同居住的时间很短。1923 年 8 月初，鲁迅在与弟弟周作人反目后从八道湾胡同搬来砖塔胡同 61 号（现 84 号），并在古塔之下写出了《祝福》《在酒楼上》《幸福的家庭》和《肥皂》，出版了《中国小说史略》。转过年 5 月，他们便搬去阜成门内西三条 21 号新置的房产了。因为兄弟失和，在砖塔胡同的岁月对于鲁迅来说是很郁闷的，《祝福》收入《彷徨》集子，倒是很应了他人生低潮的景。

鸳鸯蝴蝶派作家张恨水在抗战胜利后的 1946 年来到北平，他因是无人能敌的畅销章回小说作家，稿费巨多，便买下一所四进院落、有 30 多个房间的大宅，门牌是北沟沿甲 23 号，后门即开在砖塔胡同西口。可是没过三年，张恨水突发脑溢血，指着他吃饭的一大家子突然窘迫了，不得已，卖掉北沟沿的大院子，搬到砖塔胡同 43 号（今 95 号）一个比较小的四合院居住。塔影之下，写作超人张恨水一直住到死。经计算，他一生写了 3000 万言，以 50 年有效写作时间算，每天要写出 1600 字。

我提到的这两位文人都不是信佛的，大约也不会关心古塔的情形，他们只是因为某种机缘在古塔之下度过了一段居住与写作生涯，但他们用文字留下了当时的众生百态。

万松老人塔的地理位置，本来在金朝建的中都城的城外，至元大都时，就在城内范围了。历经明清至今天，西四大街、西四牌楼都是绝对的城市中心区域、繁荣闹市，而根据规划，老城区也不可能再建高楼大厦遮挡它。就让它继续玉立于此吧，但愿它能唤起人们关于一代高僧万松行秀与一代贤臣耶律楚材之间温暖故事的记忆。

2017 年 10 月 14 日初稿

2018 年 5 月 28 日修改于万柳

什刹海：在一隅观照红尘

一、闹市古刹

每至农历四月初八释迦牟尼佛诞之日，照例，北京广化寺要举办隆重的龙华法会（浴佛节），每每我会在隆重热烈的法会边缘走过，佛号缭绕，经文朗朗。看信众们虔诚祈福，内心总会生出感动：在灯红酒绿、欢愉喧嚣的后海北岸，竟然安隐着如此庄严清净之地，不随时间、习气、潮流而摇摆，700多年安然故我，历经人世各种战乱灾难，古风犹在。它不分高低贵贱开蒙智慧，济世扶生离苦脱忧。

历史上的京城后海，也到处生机盎然，色彩绚烂，不仅是民众游乐之地，环湖而建的宅子里也居住着不少名流巨贾。在清朝，它有个更接地气的名字“鸡头池”，因为那片水面盛产过鸡头米，更是饮食男女的人间乐土。边裕礼有诗云：“鸡头池涸谁能记，渌水亭荒不可寻。”追忆的就是岸边曾经的明珠府邸（今宋庆龄故居），以及那位销魂绝代佳公子——“我是人间惆怅客”的纳兰容若。

后海，浪漫与华丽共存。在前海之后、西海之东，自元大都起便被正式规划为商业建设项目，成为迄今700余年京城最古老的水域。水面丰盈，垂柳依拂，灯红酒绿，昼夜熙攘。这里是当年元大都漕运的终点、北京的“古海港”，商业繁荣，聚落散布着酒楼商肆、四合院等雅致民居。每每春花秋月良辰美景，男女老幼更是欢悦相携，流连水畔堤岸，更有银锭桥上手搭凉棚，嬉笑望西，名曰“银锭观山，燕京八景”。时至今日，后海茶楼酒肆依然闻名京城，烤肉季、庆云楼，知名老号，喝酒啖肉者，挥洒快意人生，不舍昼夜，迷失在这现世的温柔富贵乡。

是个水面就起名“海”，这来源于元朝蒙古人，是北方游牧民族对大海及广阔天地大宇宙的想象。今天此地，无论白天黑夜，本地人外地人如潮水般一波波涌入涌出，还夹杂着人力车鱼贯穿梭，吆喝铃铛一惊一乍，成为北京独具特色的游览景区。

有道是“回头是岸”，但在后海之北沿，成了“回头是寺”。离开后海北沿穿过一条狭窄的几十米的过道，便可豁然而见一座庄严宏大的佛教寺院，这便是广化寺。它在喧嚣的后海之后，在嘈杂的鼓楼西大街之前，低调而巍峨，700余年伴随京城，阅尽凡间如梦往事，看着一代代人在欲念的苦海中挣扎，生生灭灭。借助不计其数的有缘人襄助，它没有被时代巨浪掀翻，在今天，依然殿宇恢宏，法相庄严，成为著名的十方丛林、北京佛教协会所在地、京城重要的净土宗弘法道场。

寺院在鼓楼西大街鸦儿胡同31号，说它低调，是因为平常日子，这条胡同安静整洁，罕有游人足迹。寺院不是旅游景点，不售卖参观门票，只在每月初一、十五或者佛教节日之际对信众开放，香火极旺盛。每年最盛大的节日莫过浴佛节（龙华法会），信众礼佛的队伍可以排到寺院之外，甚至鸦儿胡同及鼓楼西大街上。每逢腊八，天寒地冻，则有早早便云集寺院接受舍粥的人们，据说，此传统自山门开启延续至今，没有间断。说它巍峨，它的确是京城规模庞大的寺院之一。其自明清一直繁盛至民国，曾占地13800平方米，拥有殿宇329间，主要建筑分为五路，除一般寺庙的中、东、西三路，还有西二路、东二路，范围至少涵盖今日之西侧中国画院及东侧鸦儿胡同小学南校区。东界甚至可能抵达大小石碑胡同，也就是著名的“烟袋斜街”之北侧。1949年之后，西路虽有拆占，但保存相对尚好，迄今尚有西一西二路各两进院落，但东路被侵占得比较厉害，仅余二层殿一座，其余均被挤占。我估算今日之占地规模大约不及原有的三分之一。

二、几度兴衰

广化寺山门三间，灰琉璃筒瓦单檐歇山顶，正中为白石雕花拱券门，门上悬“敕赐广化寺”金字匾。今天寺院尚存一统明弘治十年（1497）立的《敕赐广化寺记》碑。

而再远溯其开山历史，则可及元朝。据《日下旧闻考》援引《析津日记》载：“广化寺在日中坊鸡头池上。元时有僧居之，日诵佛号，每诵一声，以米一粒记数，凡二十年，积至四十八石，因以建寺。”但元朝建寺的具体年代不详。根据挖掘出的明弘治十年《敕赐广化寺记》碑，可知：元天顺元年（1328），有法师灵济，号大舟，到庆宁寺住，至顺四年（1333）在此寺住，发愿禁足二十年不出门，一心念佛……十年后成此大刹。由此可推算广化寺的创始年代，当在1342年前后。

《敕赐广化寺记》碑是20世纪60年代从广化寺大雄宝殿丹墀下发掘出来的，为残碑，勾勒了寺院的缘起历史。同时还出土一统《正宗记》碑，刻有“广化寺开山第一代住持灵济号大舟”至第五代住持圆环及其弟子一百多人的道号法名，也叫《广化寺职名碑》。此碑的另一面内容记于明成化四年（1468），其中提到内官监太监苏诚将自己财物捐出，修缮宛平县日中坊（明朝时对后海一带的称呼）古刹墓址（即广化寺）一处，因缺寺额，故奏请“圣恩怜悯乞赐寺额”。可见，明朝初年寺已废，且元时叫什么名字也不详细。至明成化年间，寺院重修完毕，规模宏大，并得到“广化寺”敕额之尊。

明万历二十七年（1599），礼部右侍郎叶向高来到广化寺参加拜佛活动，并应住持之邀，撰写《弥陀会记》文，立碑刻记。根据碑文内容得知：“京城北隅有广化寺，寺故有念佛会……中贵士庶毕集，环绕法座，念弥陀三千，膜拜以为常。”住持圆环率众举行的盛大弥陀法会，聚集了大量的净土宗信众，涉及各阶层人士，表明此时念佛之风气盛行，而广化寺已成为京城闻名的净土宗道场。

朝代更迭，寺院兴废。进入清朝前、中期，这间寺院的情况缺乏记载，至少在康雍乾尚且崇佛礼佛时期，广化寺并未得到皇室过多青睐。今天广化寺收藏的文物真迹数量庞大，共收藏国家各级文物 1716 件，其中图书 1087 部，字画 282 件，碑拓 298 件，其他物品 49 件，珍贵稀有。包括明永乐年间翰林院刻印的《大方广佛华严经》、清雍正皇帝亲手抄写的《金刚经》、乾隆时期的《大藏经》，还有不少明清名人字画。

但《日下旧闻考》对其记录几乎是一掠而过，这说明早期广化寺没什么特别之处。除了引用了一段《析津日记》中寺院的缘起之说，另仅有一句“臣等谨按”，说是“广化寺在今鸭儿胡同，无碑碣可考，左为海会庵，右为兴善寺，有崇祯七年奖谕司礼监太监曹化淳诗碑”。从这里可知，今天的鸦儿胡同在乾隆时期叫鸭儿胡同，而所谓“曹化淳诗碑”今天寺内并无存。民国邓之诚的《骨董琐记》载：

> 德胜门大街大石碑胡同协和修道院，故广化寺也，有明毅宗（崇祯皇帝）赐曹化淳御笔草书碑，高丈余，字径五六寸，笔势挺秀，文曰：明理纪实，心领神会，五韵精严，八法清贵。周旋于规矩之中，超越乎万象之外。有以似其人乎？然也，若止于笔，文焉则未，司礼掌印化淳，有作辄佳，特赐。崇祯戊寅八月谷旦。

根据这段记载可知，这统诗碑真实存在，上书崇祯皇帝草书御笔，内容为表扬忠仆太监曹化淳，说他这么好那么好，尤其“周旋于规矩之中，超越乎万象之外”。守规矩又练达超脱，不是一般境界。其位置在大石碑胡同，大石碑胡同原为广化寺的一部分场所确定无疑，在民国时期已成为“华北协和修道院”。“大石碑胡同”得名很可能来自崇祯皇帝存世稀有的这一统御笔石碑。据说，这块崇祯石碑现在就在附近某处宅邸里放着，并未消匿。从文物价值的角度而言，不如将其归还广化寺，令一般民众也可以观赏崇祯皇帝极为罕见的书法。

《日下旧闻考》的简略记述说明，在清朝，至少到乾隆年间，这间寺院非常凋敝。至道光、光绪年间，广化寺进入新的修建、重建、振兴阶段。当时广化寺住持广珠法师敦请自如和尚任方丈，从此，广化寺成为“十方寺”。自如方丈圆寂后，印法法师继任方丈。自道光六年（1826）始，历二十年募资重修了殿堂僧舍。这个过程即今天寺院清碑上徐继畲撰写《重修广化寺碑记》所载。

三、恭邸出资

清人崇彝著《道咸以来朝野杂记》载：“后海北岸之广化寺，古刹中之新者。闻光绪初年残败殊甚，后募化于恭邸，为之重修正院殿宇。”也就是说，自道光至光绪年间，三十几年过去，寺院再次需要大修，这次是向“恭邸”募资，也就是恭亲王家族。毕竟六爷奕䜣家有钱有势，且他又是笃信佛教的。

恭亲王有个著名的逆子“澄贝勒”——爱新觉罗·载澄。这位贝勒是个花花公子，常常流连什刹海的茶室酒楼，并且有勾引良家女子的怪癖。因为寻花问柳纵欲过度，这位爷只活到28岁便一命呜呼了。作为佛教徒，奕䜣可能认为自己今生结下的这一段父子孽缘是前世业障，故而同意为重修广化寺出资。

而奕䜣的另一个儿子载滢却是个规矩人。他很小的时候经两宫太后做主过继给道光帝八子钟端郡王奕詥，去延续那一脉的香火，并加封了郡王衔，同时他还是一位诗人，有诗书修养。他有两个后世比较出名的儿子，一位是溥伟，又过继回来奕䜣家，出继给那个荒唐长子、死于28岁而无后代的载澄，重新续上恭亲王家香火，并承袭恭亲王尊号。载滢的另一个儿子溥儒，成就为近代著名的书画大家，清亡后改名溥心畬，与张大千齐名，被后人并称为“南张北溥”。他可以说是恭亲王奕䜣的后人里文学艺术成就最高者。

溥心畬是载滢侧室项夫人所生，是次子，而溥伟是正室夫人所出的嫡长子，且回归了恭亲王家族继承亲王头衔，自然掌握家族的主要财产。他与弟弟溥心畬分家后，自家住恭亲王府，弟弟住王府花园。溥伟后将恭亲王府抵押给辅仁大学，溥心畬则去西山隐居，专心写诗绘画，中年后与文人雅士多有交往，还办过画展。他生活并不宽裕，没有太多财富积累，但他手上有一件价值连城的宝贝——今天被视为国宝收藏于故宫博物院的西晋陆机的《平复帖》。

1937 年，溥心畬的母亲项夫人去世，溥心畬急于得到一笔资金，为笃信佛教且是广化寺信众的母亲办个体面的后事，并为母亲实现遗愿，即修缮广化寺。溥心畬通过中人散出要出让《平复帖》的消息，开价 10 万，“民国四大公子”之一的收藏家张伯驹得知后想买，但嫌贵，讨价给到 4 万。有日本人听说此事后，备好了 10 万要求买走，这令溥心畬及张伯驹都很害怕。张伯驹是怕宝物不得，溥心畬是害怕惹事。溥心畬内心是抗拒日本侵占中国的，他对他的堂兄溥仪在东北建立伪满洲国投靠日本人非常不满，拒绝溥仪请其去东北的邀请，还作过一篇《臣篇》，以明其反对依附日本人的志向。于是他和张伯驹迅速达成交易，张伯驹以 4 万大洋得着这幅西晋时期的墨宝，他则得到一笔办理慈母后事的资金。1956 年，张伯驹将这幅珍贵国宝捐赠给政府，自此，《平复帖》便一直保存在故宫博物院中。

1937 年至 1938 年，溥心畬在广化寺守灵寓居，并出资修缮寺院。当时由玉山方丈主持重修了山门殿、天王殿、大雄宝殿、万佛阁（也称后楼），以及东西配殿、配楼。溥心畬为广集资金，邀请了一些知名书画家题字作画，并在中山公园水榭开画展搞义卖，得到的款项都归广化寺工程使用，令修复圆满成功。这位居士、孝子、隐居颐和园的文人墨客，做了他自认为回馈佛门善众的一件功德事。他是民国期间唯一举重资大规模修缮广化寺的人，延续了恭亲王家族与这间寺院的缘分。但他母亲的棺椁暂厝广化寺后院，之后一直没有发送安葬，不知最终有所安置否？直到 20 世纪 60 年代已经偏居台湾 10 年的溥心畬，挂念的还是这件暂厝之事。

四、承载教育

清末民初，广化寺还曾被一位有识之士看中，作为首创中国图书馆事业的场所。这个人就是张之洞。1908年，张之洞将个人藏书存放寺中，奏请清廷成立京师图书馆，次年获准，清政府派缪荃孙主持建馆事务。中华民国成立后，改名“国立北平图书馆”，教育总长蔡元培派江瀚任馆长，1912 年 8 月 27 日正式对外开放。当时藏书 5424 部，151375 卷，52326 册，其中善本 880 部，28412 卷，10822 册。1913 年 2 月江瀚调任他职，教育部派社会教育司司长夏曾佑负责管理该馆，实际由鲁迅作为教育部佥事负责管理。1912 年冬至 1913 年秋，鲁迅日记里几处记载了他陪同夏曾佑去广化寺的情况，以及去夏曾佑处汇报图书馆工作的情况。图书馆开放一年后，民国政府认为广化寺的条件不好，地点偏僻，房屋潮湿，不适宜读者前往及善本保护，于是在鲁迅的参与下迁馆他处，广化寺又恢复为佛教寺庙。一座寺院竟然是今天辉煌矗立于白石桥的国家图书馆的最初场所，令人慨叹。

民国时期，随着现代意识思潮的启蒙，广化寺住持玉山和尚积极投入到了民间教育事业中。他亲自组织广化小学董事会，1947 年于寺内成立了广化小学，校长为修明和尚。

修明和尚是古董商号——王府井大街永宝斋家的公子，是中法大学的毕业生、知识分子、曾经的热血青年。北洋段祺瑞政府统治北平之时，他曾参加“三一八”游行到段祺瑞执政府请愿。广化小学最先办的是两个初级班，专门招收上不起学的穷人孩子，免收学费，并供给书本文具等，后逐渐健全为六年制小学。1952 年学校被政府接管，后改为鸦儿胡同小学。1957 年学校迁至广化寺后院的弥陀庵院内（鼓楼西大街 63 号），直至今日。

五、铜像之缘

几十年之间广化寺并非乏善可陈。一是它多少容留了后继香火的僧才，二是它保存下来大量的经典文物。而最值得一说的是，它大殿里的各尊佛像被历次造反打砸抢毁得一塌糊涂，却保全下一尊万历年间造的纯铜千手观音菩萨造像。这对于一个并非持有上方宝剑的普通寺院而言，是了不起的功绩。这尊观音铜像高 4 米，被藏在后院弥陀庵的大殿夹层里保存下来，还为广化寺与颐和园结下一段因缘。

颐和园的大部分文物在 20 世纪 60 年代被损毁，包括佛香阁里的一尊“西方接引佛”，后来的很多年，佛香阁都空荡荡的，除了一些雕梁画栋，便与普通观景亭子无异。而广化寺冒着风险保存下的那尊观音铜像，就继任了“西方接引佛”的位置。铜像重达万斤，1989 年修复佛香阁后，硬是被人工扛上那漫长且颇为陡峭的山前台阶，搬运上万寿山，请进佛香阁，20 余年来接受游客参观、信众顶礼。而观世音大士头顶上方的化佛基座原本是空的，正愁着无法相配，却从颐和园仓库找到某年某民众在昆明湖游泳时捞起的一尊小铜佛像，放置于此，如同原配，世间因缘造化无所不在。

今天的广化寺不需要开粥棚舍粥济贫了，也不需要开办小学为穷人家的孩子开蒙教育了。现今的社会，物质是丰富的，虽然广化寺保留了腊月初八舍粥的传统，但那更像是一种象征佛家慈悲为怀、祝福众生平乐安康的活动。而原来的广化小学即今天的鸦儿胡同小学，每天清晨传出稚嫩的朗朗读书声，这正是当年的僧人们所期盼的情景。但广化寺依旧有强烈的普济众生的社会责任感，近十余年来，寺内的北京佛教文化研究所举办了超过 100 期的佛学培训班，向在家居士、佛学爱好者传播正确的佛法教理，弘扬佛法。

每次离开广化寺，我都喜欢去看后海上的夕阳，身边的熙熙攘攘也会感染我热爱这些平凡又平和的景象。当然，我最为感念的是元朝僧人选了这么个水边佳地修寺弘法。其实，无论是与世隔绝，隐居山野，还是在这喜乐人间的热闹之地，几千年来，佛法修行者并不受环境变幻的干扰，他们坚守释迦牟尼的佛法经论修行心智，洗练自已，砥砺精进，同时关心人间的纷扰苦难，播撒慈悲关切，弘法利生。无论环境如何变幻，任何一种如法的修行都是合理的，因为持正念的佛门弟子可通达智慧之海，可观照娑婆世界，虽然偶尔会有红尘眯眼，但那也不过是观照“真如实性”的一瞥中偶遇的尘埃。

2016 年 5 年 10 日

于万柳

大公主府：大清公主的苍凉谢幕

一、一场礼数繁缛的寿宴

今天京城东城美术馆后街北段路西 23 号，为北京中医医院。而 100 年前，医院主楼所在地是气势恢宏的“大公主府”，清宗室最后一位公主——荣寿固伦公主在此居住，彼时官车往来，华盖云集。后来随着府邸后人落魄，院落房屋几经易手，中华人民共和国成立后由北京中医医院使用。1985 年，院落被整体迁至密云白河郊野公园，占地 2.1 万平方米，建房屋 130 多间，分门殿、正殿、寝宫门、寝殿、后罩楼五进院落。异地重建，令有 300 年历史的“大公主府”得以保存，成为一处文化遗产。

荣寿固伦公主 12 岁结婚，17 岁成为寡妇，转眼之间便年华老去。说她是最后一位公主，因为她是《清史稿》所载排序最末的正式受封的固伦公主，“固伦”是清朝最高等级的公主称号。至于近现代与清宫有瓜葛的一些女性也被称为公主，只是泛泛美谈，听之悦耳。如裕德龄、裕容龄姐妹曾在宫内陪着慈禧太后开心娱乐了一年，“德龄公主”是裕德龄的笔名，跟真公主没关系，一听一笑罢了。

荣寿固伦公主活到 70 岁，刻板地走完了一个定式化的公主的一生。最后，她用苍老双眼目送那些历史人物离去，包括光绪皇帝和慈禧太后。她见证了他们的盛荣与衰落，见证了一个享国 268 年王朝的结束。

荣寿固伦公主以节妇的身份走完一生，是活在礼数“壳子”里的人。这其中满是清室仪轨与习俗，而从这些貌似无关紧要的小小细节，恰恰可以看到一个落后守旧王室的缩影。满人的规矩多、礼节多、约束多，以致京城流行“汉女不进旗人家”的说法，而这些并不是什么可以津津乐道的先进文明。相反，他们沿袭的还是部落时代等级划分下的社会遗风，是缺乏商业文明精神的落后表现。形式、礼仪落后，将鲜活的人的思想、行为缚为蚕茧，彻底扼杀的则是其内在的精神生命。

有一段非常有趣的记载形象地向我们展示了这些繁文缛节，在大清贵族眼里是多么讲究、文明、有礼数，但如果是17世纪还说得过去，20世纪初还如此便显得不合时宜了。

大清荣寿固伦公主最后一次出现于公众场合，是在中华民国成立初年，蒙古科尔沁亲王福晋四十大寿的寿宴上。整个过程可以用“风起云涌”来形容，满堂的清朝遗老遗少将她视为倒掉的大清朝最后的偶像来膜拜。

那天，科尔沁亲王贡桑诺尔布在什刹海会贤堂饭庄设宴并请名角堂会，为其正福晋——肃亲王善耆的妹妹善坤做寿。这位福晋是清皇室正宗格格，娘家地位显赫，所以荣寿公主要亲临贺寿。一整天，蒙古亲王和福晋的耳朵都是竖着的，不断叫派出去探察公主行踪的差役前来报事。话说亲王夫妇都是非常开明的人士，亲王本人在1903年秘密考察过日本，回国后在蒙古地区建立了蒙古族第一家女子学校——毓正女学堂，福晋主理校务。即便如此，为迎接公主的到来，他们一定要掩饰自己的新派作风，一切回归老礼。

下午3点，差人来报：大公主已离此不远！贡王爷赶紧整理衣冠，站在会贤堂大门口躬身亲迎，贡王福晋则在二道门内院中侍立等候。满蒙汉各家王公贵族皆侍立于戏台院中。请注意，这个站立迎接的排序、位置都是清朝规矩，该怎么站、站在哪儿不得有错。

一刻钟后，荣寿固伦公主，也就是大家常言的大公主驾到，由两孙搀扶下马车。这时贡王爷趋前恭请跪安：“岂敢劳公主大驾。”大公主答道：“大喜日子，应当，应当。”大公主走进二门，贡王福晋赶紧趋前至台阶下，双手递上，尊称：“公主。”大公主双手一搀，这是“双拉手礼”，非同一般，表示尊敬与疼爱。福晋再恭请双份蹲安，同时低声谢公主赏脸亲临。之后亲王及福晋搀扶大公主来到看戏吃饭的院子，由当时位份最高的礼亲王诚堃带领众人恭请跪安，整堂人等齐刷刷跪下，顿时矮了半截。站位、走位、跪安、蹲安，这整个一套程序等级分明，井然有序，其严肃气氛堪比一场官方外事活动，而这，仅仅是一场祝寿家宴而已。

那时，公主已年逾六旬，虚弱而衰老。她终生依怙的大清朝廷已被中华民国取代，前清小皇帝与一群前朝遗孀梦游般在紫禁城饮食起居，皇族呈崩塌离析状，各家打着自己的算盘，随时准备作鸟兽散。荣寿固伦公主如紫禁城外一面历经风霜的陈旧旗帜，即使艳阳清风，也吹得它是一副疲惫败落之态，无精打采。此时的她，不仅送走了自己的娘亲挚爱，也送走了支撑她一生的精神母亲，事实上也是其养母的慈禧太后，还送走了她疼爱的堂弟——光绪皇帝。她是前朝老人，更是无所适从的多余人，只等命运安排，招呼归去来兮。

但是，这面老旧的旗帜还有那么根竹竿撑着，多少的架子还要摆起来。皇亲贵戚多少还要望着它，依靠着它。

那天，公主是独坐寿堂之中的。她坐定后，福晋还要行“二跪六叩首礼”。这也是非同一般的尊礼，只对族亲里有封爵位的长辈施行。按说应该是晚辈对长辈行此礼，但公主驾临，福晋即使娘家为爱新觉罗氏也必须谦恭，大礼是要一丝不苟的。公主略微欠身，轻声一句：“祝格格福寿康宁！”这时，福晋才能起身侍奉，献上茶盏。该礼毕，才传人唱堂会戏，等在后台而没有资格在迎接礼节中露脸的演员们开始竞献技艺。

而那天寿宴堂会算是名角会聚，有杨小楼、余叔岩、姜妙香、萧长华、金秀山、裘桂仙、程继先，还有一位尚未成大名，但已有旭日东升之势，风华初露的一代青衣梅兰芳。梅兰芳当时还不满20岁，青春年少，扮相已是风华绝代。梅兰芳在堂会上尽力表演着，不一定知道台下那位老年贵妇为何许人。他像一个崭新世界里美好的化身，荣寿公主一定也是看在眼里的，但那是垂暮老人在看着一个仿佛已经不属于她的陌生新世界，觉得遥远而又无奈。那真是两个时代的瞬间碰撞，老王朝步入坟墓，新时代冉冉升起。

整个看戏和用膳的过程中，贡王福晋率领另外三位王公福晋在公主两侧服侍，嬷嬷仆人根本不配靠前。这四位平素尊贵的王府福晋个个低眉顺眼，殷勤备至地给公主敬酒布菜，还要眼力见儿十足，该说什么不该说什么恰到好处，唯恐失了礼数。据载，大公主象征性地饮一口寿酒，贡王福晋立马奉陪，一饮而尽。公主还略微尝了两口主菜，品了几口鸭汤，随后便将给福晋的红包封上。随着福晋的感恩不迭，公主净手起身，准备起驾回府，亲王与福晋躬身低眉，一路施礼相送。刚刚还是锣鼓喧天的热闹场面，顿时像拉了电门，悄然无声，堂里院内，一概起身垂手侍立，恭送公主，公主则环视一番众人，算是表示谢意。直至公主离开会贤堂，这清朝的繁缛礼节才算是告一段落。

这场景发生在民国初年，大公主如惨淡的薄云遮盖着更为衰弱的冬日残阳，声势浩大、架子十足，也只是刷了一次存在感，不合时宜到可笑，仿佛还在追忆故国旧梦。

二、一生刻板孤寡的身影

大公主的“公主”身份也十分奇特。按说，清代宗室女性的封爵，皇帝之女封公主，亲王之女封郡主，并且，皇后所出封为固伦公主，妃嫔所出封为和硕公主，等级森严。“固伦”是“国家”之意，“和硕”是“一方土地”的意思，固伦公主的地位等同于亲王。在荣寿固伦公主获封前，整个清朝只有个别的固伦公主非皇后所生，比如康熙皇帝的养女固伦纯禧公主、乾隆皇帝的女儿固伦和孝公主，她们都是因为得到皇帝的特别宠爱而破格获封的。另有某些固伦公主也非皇后所生，而是因和亲蒙古做出卓越贡献而被后朝追封，如固伦恪靖公主。

而荣寿固伦公主非但跟皇后、妃嫔无关，她也不是皇帝的女儿。她是咸丰皇帝的侄女，即咸丰弟弟奕䜣的女儿，也就是说她是亲王的女儿，按照制度，她只配获封郡主。她获封固伦公主是非常奇怪的，因为这样她将与自己的父亲地位一样。而且她的固伦公主封号也不是皇帝所封，是由辛酉政变之后垂帘听政的“两宫太后”所封。

奕䜣的大女儿，即荣寿固伦公主出生时，咸丰皇帝还没有自己的子嗣。宗室老大有“招弟”的吉祥寓意，她便被抱到宫里，皇帝与妃嫔们很是喜爱她。妃嫔们想孩子都想疯了，见了她都想沾沾喜气，包括后来成为慈禧太后的懿贵妃。别说，两年后懿贵妃就生下皇子载淳，即后来的同治皇帝，丽贵妃生下荣安公主。只可惜，同治活到 19 岁，荣安公主也只活到 21 岁便难产而亡。

《清史稿》记录“文宗之女”，将荣寿固伦公主记载为最后一位在册的大清公主，并有“文宗抚弟恭亲王奕䜣第一女”之语。从文意来看，有过继给咸丰皇帝抚养的意思。

慈禧太后册封其为荣寿固伦公主，一方面是为了褒奖奕䜣在“辛酉政变”中发挥的巨大作用，同时她也非常喜欢奕䜣的这位长女。据说这位女孩刚进宫时毫无怯懦之色，像个小大人般举止落落大方，走路稳稳当当，礼数周全准确，一看就是恭王府里受过精心培养，有着大格格风仪。慈禧自然是喜欢懂事聪明的孩子。

奕䜣对女儿在宫中养有各种忐忑。聪明的大格格虽然玲珑八面，两宫太后尤其西太后喜欢得紧，但皇宫之内保不齐就有风云突变，“固伦公主”这种最高规格的公主封号对于奕䜣而言就是个不小的隐患。所以在同治三年（1864）正式册封荣寿固伦公主后，第二年奕䜣就撺掇女儿请求褫夺其封号。小小女孩学大人舌般一本正经地说她不配固伦公主封号，这不合祖制，她受用不起；两宫太后只得笑着接受了请求，把“固伦”去掉，但还是公主，就只叫“荣寿公主”，既不是“固伦”也不是“和硕”，但也不是等闲“格格”。这样恭亲王家才松了一口气，小小女孩就在宫里陪着两位寡妇太后生活吧。

荣寿公主从小老成持重，规矩得体，落落大方，会说话，会体贴大人，深得太后及一众后宫喜爱。到她12岁，慈禧的儿子同治皇帝刚10岁，当时某些人猜测荣寿公主是慈禧留着给儿子做皇后的。文人吴士鉴在讴歌“大公主府”的诗里印证了这种传闻。诗云：“求郎不徇馆陶情，汤沐频频视所生。异数今同长公主，连云甲第峙东城。”“馆陶情”，指当年西汉馆陶公主将自己的女儿陈阿娇嫁给侄子汉武帝。但慈禧并没有，她还是把荣寿公主当女儿，把女儿变儿媳，岂不乱套。但是，她很用心地给荣寿公主找了一个好夫婿，这便是固伦额驸——富察·景寿之子志端。

固伦额驸景寿娶的是道光皇帝的女儿，也是一位固伦公主，这位固伦公主是荣寿公主的亲姑姑。富察家父子俩都是额驸，娶的又都是固伦公主，也是有趣。而且富察·志端是个好学而品德端正的好青年，这本是一桩天赐良缘。皇室将原荣安固伦公主府邸赐予荣寿公主，被后世称为“大公主府”。府院规格宏大气派，从乾隆朝《京城全图》中的描绘来看，虽低于典章中亲王府的规格，但占地很大，房屋很多，非同寻常。可是成婚五年后，富察·志端咳血而逝，荣寿公主成了17岁的寡妇。

据老太监的回忆，荣寿公主身形枯瘦，面容老相，“虽二十许人，望之若妪媪也”，背后看和光绪的皇后裕隆很像。但据他们这些闲话篓子比较，荣寿面容还是稍好一些，走路安坐也是端庄大方，仪态高贵；而裕隆皇后总是比较没自信，腰板挺不直。我们今天可以见到的荣寿的照片都是五六十岁的老妇形象，也有一张40岁左右由美国人凯瑟琳·卡尔为她做的画像，画像对她进行了一些美化，但她的面容像极了父亲恭亲王奕䜣，虽不过是普通容貌，但颇有气势。

荣寿公主的大公主府很大，没事她就自己在府里骑马，一趟趟走溜儿打发光阴，从17岁开始的寡妇生涯该有多漫长啊。此外她还画画打发时间，从存世的画作可以看出她功力不凡。她的绘画水平与瑜贵妃（同治的遗妾）不相上下，被誉为“宫闱二妙”。

到了光绪七年（1881），皇太后下懿旨：封其为固伦公主，赏食固伦公主双俸，并准乘坐黄轿。至此，荣寿公主也不再推辞了，咸丰皇帝的子嗣均已不在人世，她是宗室里的老大，且和慈禧太后是养母女的关系，再也不会有人提什么祖制规矩了，于是此后她便以固伦公主的身份出入宫廷。当时，大公主名震京城，无论是皇族还是市井社会，都有些畏惧她。她出门的轿子前必有两位骑马执鞭的人护驾，叫“顶马”，看到路人便高喊：“坐车的下车！”然后把人家赶到旁边的小胡同里。如果在路上遇到她的父亲恭亲王，她便将轿子帷幕迅速放下，彼此装作看不见，迅速过身，不然，还要父亲到小胡同回避不成？所以她的轿队在京城威名显赫，阵仗很大。

荣寿公主不嗜好玩乐，生活刻板。她与慈禧的关系始终亲热，与太监大总管李莲英是慈禧最信任的两个人。但奇怪的是，在慈禧留下的几十张照片里，没有找到一张这所谓的母女二人的同框照。李莲英经常出现在照片里，侍奉慈禧于左右。光绪的皇后、妃嫔也经常陪照，再有就是一些寡妇们，如庆亲王奕劻家的四格格、元大奶奶（慈禧内侄媳），还有汉军旗裕庚家两位女儿德龄、容龄。也可以推测荣寿固伦公主虽然与养母慈禧保持亲热的关系，但她并不是时时刻刻在宫中，而且性情古板，所以慈禧玩乐的时候，更多的是与亲王家格格等人在一起，荣寿公主极少随侍。她更多的时间是在大公主府过自己的生活。

庚子之乱暴发，慈禧太后和光绪出走西安，带了不少亲王近贵，却没有带上荣寿固伦公主。公主是自行到昌平雷桥村避难，后暂住昌平麻峪村。当时她与村民多有往来，对他们友善关照，至今仍有佳话。雷桥村应该是公主获封的土地，因为她去世后便葬在此地，墓地建筑庞大，号称“公主坟”，毁于 20 世纪 60 年代修建水库。而麻峪村当时号称有 1000 亩土地都是恭亲王家的，1898 年恭亲王奕䜣去世后便葬在此地。公主到父亲墓地的所在村落避难，村民都是给她家看坟和种地的佃户，自然比较安稳。恭亲王墓毁于 1958 年十三陵水库建设。

尽管没有亲密合影，跑路西安也没有带上她，但慈禧与公主之间非但没有任何嫌隙传闻，相反在几件大事上，公主敢于说话，俨然举足轻重，地位不凡。有传言称光绪帝变法失败后，处境十分危险，慈禧动了施用祖训的心思，想用御棍将光绪帝打死，而这个念头竟瞬时被报到正在恭亲王府探亲的公主那里。这位素日稳稳当当的大公主，便连夜赶往西苑慈禧太后的寝宫，一跪不起，请求太后息怒，饶恕光绪。光绪帝这才得以保命，软禁瀛台。大公主一跪起到了缓冲慈禧暴怒的功效，其实乱棍打死皇帝，也未必是慈禧的本心。事后，慈禧太后觉得大公主来得这样快，定是有人告密，还咋呼着追查了一气，算是给自己找了个台阶下。这个传闻有合理的逻辑。大公主与光绪皇帝有类似的幼年离开父母膝下进入皇宫的恐惧，有类似的心理阴影。大公主出嫁后有了自己的公主府，可以回自己府上，也可以自由回恭亲王府娘家，而她这位小堂弟可就没有她自由了，所以她内心深处对光绪的怜悯还是有的。她曾对身边人说："皇帝很可怜，五岁入宫，再也见不着亲娘，咱们应当辅助他才对。"

另外，大公主作为慈禧养女，熟知贵族和皇宫礼仪，从小与大人打交道，见过大场面，有迎来送往才能。王公大臣的夫人拜见慈禧太后，莫不先经过她的安排；外国使节的太太进宫，她来接待作陪。可见真正被信任的人不一定非得出现在游山玩水的照片里，从她与使节夫人的合影中，可看出她有大清“第一女官”的地位。

荣寿固伦公主终身守寡，是一位节妇。俏丽华美的装扮与之绝缘，从照片可见她虽然贵气，但一袭素服，刻板严肃，毫无修饰妆容。不仅如此，对慈禧喜欢穿艳丽奢华的衣服这一点，大公主很不高兴，说她靡费。慈禧太后怕了她，每次大公主来见，慈禧就挑朴素衣服穿，妆也不敢化得太过分，珠宝首饰也不敢多戴。太监宫女传出来的闲话说：有一次，太后偷偷做了一件极其华丽的袍子，由江南工匠用织锦精工做成，花费不少银两。太后嘱咐左右人说：“这事儿不要让大公主知道。”谁知大公主还是知道了，见到慈禧就不开心地唠叨：“我对您老人家不好吗？我天天都想着母亲喜欢什么，喜欢穿什么，喜欢用什么，喜欢吃什么，然后让人去办来。母亲可倒好，偷偷地做一件衣服来穿，叫别人知道，当我们娘俩是什么人呢？”直说得慈禧这样的霸气太后不好意思而环顾左右。事后，便埋怨左右：“一定是有人去告诉大公主了，不然我怎么会受她一通劝告！都怪你们，多嘴多舌的！”

大公主做的最后一件大事是给两帝后张罗下葬。1908 年 11 月 14 日至 15 日，光绪和慈禧在十几个小时里先后离世，内宫乱成一团。荣寿公主除了悲痛，更气愤宫廷内热锅蚂蚁没了章法的乱象。她跑去醇亲王府指责她那堂弟摄政王载沣，说：“今天你大喜了！你儿子（指溥仪）做皇帝了！你做摄政王了！两宫太后对你不好吗？现在帝后宾天了，你倒很悠闲淡漠，在家也坐得住！”

摄政王害怕这位宗室大姐大公主，就赶紧召集王公大臣商议。人手稍稍齐了一些，大公主就开始布置任务，调动人员，安排各种礼仪，一直到下葬，宫内都是井然有序的。裕隆皇后怯懦不谙事体，载沣从来就是能不管事最好躲一边，溥仪皇帝只有 3 岁，而大臣太监都是雇员，只想改朝换代后自己的处境，朝廷竟然无人出头至此！要不是大公主出面，帝后如何下葬之事都成了被推诿的皮球。

公主为帝后下葬，目送她身边的亲人远行他界，大清朝轰然倾覆。她顿时成了前朝遗老里的老女人，公主的身份只在他们自己的圈子里被尊敬被认可，于是便有了前面为贡王福晋祝寿的一幕活报剧。

我讲述大清最后一位公主的故事，只是想通过一个刻板孤寡的身影映射出那个王朝的模样。清朝属于部落文化，入主中原268年，其习俗礼仪还是部落风气的沿袭，后又受理学思想的禁锢，至18世纪末19世纪初仍抱持唯我独尊的处世态度。尽管对坚船利器感到恐惧，但依旧不思改革，不思进取。这个王朝的统治者目光短浅，而受儒家理学思想统治的文官体系永远在一个散乱狭隘而又僵化保守的圈子里打转，他们所信奉的探寻真理的手段只局限于理学严苛教条内部的格物致知。这种固化的、被束缚的思想已无法接受具有有效管理性的西方商业文明带来的一切先进事物。

黄仁宇先生在《万历十五年》里这样写道："在1601年……就在这一年，努尔哈赤创立了他的八旗制度，把他所属的各部落的生产、管理、动员、作战归并为一元，改造为半现代化的军事组织。而也是仅仅两年之前，这个民族才开始有了自己的文字。就凭这些成就，努尔哈赤和他的儿子征服了一个庞大的帝国，实质上是一个单纯的新生力量接替了一个'文极'的王朝。所谓'文极'，就是国家社会经济在某些方面的发展，超过了文官制度呆板的管理力量，以致'上下否隔，中外睽携'。"这段文字对于300年后刻板固化的清王朝同样适用。晚清贵族的行为模式甚至与300年前的部落时期一样，加之也是一成不变的儒家理学的正统思想体系与模式，这个一切都是如此僵化落后的大清帝国终究要将权力移交给一个新生的力量，如同 300 年前大明的覆灭。

大公主刻板的一生仿佛让我们窥视到一个王朝内部的精神面貌。她按照一切祖制安排她的生活，不逾矩。但进入 20 世纪，难以抗拒的外来商业力量在京城萌芽并发展，而且权力与资本开始结合。1906 年，大公主府的总管事刘燮之尝试商业经营，他盖起内城第一家戏园子——吉祥戏院，并且盖在离紫禁城很近的东单金鱼胡同一带。它是新时尚的象征，京城名角都以在这里演出为荣。在这之前，娱乐场所只能建在前门外的南城，内城禁止唱戏娱乐。

1924 年公主临死之前，发现自己的府库已被掏空，不得不将自己的凤冠送进当铺换钱。满洲贵族及旗人的窘境由此可见一斑。很快她便在极度愤懑忧伤中撒手人寰。而那一年的 11 月 5 日，在中华民国成立 13 年之后，苟活于大内皇宫的前朝“末代皇帝”溥仪被赶出紫禁城。

此后，还按照旧式清朝贵族生活方式生活的公主养子及后嗣发现已是债台高筑，便四散而去，偌大的公主府于是落到了其最大的债主、曾经的管家、吉祥戏院老板的手里——奴才变成了主子！遗老们酸楚地说句：“奴才掏空了主子！”但又能怎样？毕竟在民国的商业体系中，债权债务是要在现代法律的框架下解决的。

一个不能跟随历史车轮滚滚向前的朝代，不仅难抵外敌，说不定内部也会被一些意识更“先进”的力量蛀空，梦醒之时早已物是人非。最后的大清公主恰恰活在时代更迭的褃节儿上，但只是无可奈何的见证者。

2017 年 2 月 26 日

于万柳

珍妃之死：从两张照片的真伪谈起

一、照片之争

今天看来，清光绪帝的爱妃——珍妃，并没给世人留下她貌美如花的影像。

故宫于 1930 年及 1960 年各公布过一张据称是珍妃的照片，但两张照片相差甚远，俨然两人。孰真孰假，亦或皆为假，引发后世争议。

1930 年 5 月 3 日出版的《故宫周刊》第 30 期有“珍妃专号”，并公布了一张“珍妃遗像”。照片上是一位年轻的满族贵族女子立像，她略施粉黛，华服盛装，一手持手帕，另一只手轻触茶几，身材高挑，高颧骨，薄唇，杏核眼微微吊起，梳着插满花的“二把头”，典型的满族人外貌。与“珍妃遗像”一起发表的还有一段时年 75 岁刘姓宫女的回忆："宫中之像，乃光绪二十一、二十二年之间所照，所着衣服，长袍为洋粉色，背心为月白色镶宽边，乃光绪二十一年最时髦之装束，系于宫中另做者。珍妃每早于慈禧前请安毕，即回景仁宫，任意装束，并时摄取各种姿势，此像则于南海所照，后为慈禧所见，颇不悦。"描述如此详实，时间地点穿戴都有，似为不争事实。但曾被聘为故宫顾问的清宫太监唐冠卿、陈紫田认为其并非珍妃，而是某王府格格。故宫顾问、清史专家朱家溍先生也曾否认这张"珍妃遗像"，认为其为末代皇帝溥仪之后婉容的母亲，拍摄地点是帽儿胡同荣源府邸。请注意，太监唐冠卿很有可能是"珍妃之死"的见证人，他在此专号中特别叙述了珍妃遇难的过程！

但 1930 年发表的这张"珍妃遗像"还是被广泛传播，直到 1960 年《故宫博物院院刊》第二期刊出一张写有"贞贵妃肖像"的半身像照片，舆论哗然。当时，两位担任故宫顾问的前清太监指认"贞贵妃肖像"中的女子才是真珍妃。

半身像与此前站像是完全不同的两个人。半身像长圆脸，外双眼皮，眼睛圆又大，宽鼻，天庭饱满，地阁方圆，在我看来不是特别典型的满族女子样貌。甚至有人直接怀疑其为汉族江南女子，或居青楼，拍摄年代为

20 世纪初。我倒愿意相信伊是某汉军旗的富家小姐，实在生得美且贵，表情没有心机，自在大方。

这一相片之争相持了好几十年，各有拥趸。今天的故宫官方则认可他们 1960 年发布的“贞贵妃肖像”，出版的《故宫旧藏人物照片集》(1990) 和《故宫珍藏人物照片荟萃》(1994) 两本画册均以半身像为准。

直到 2013 年，立像美贵妇的后代亲属发布了几张她的照片才算真相大白，原来立像者乃溥仪的皇后婉容之祖母，也就是郭布罗·荣源的母亲。朱家溍先生的说法接近真相，只是把她降了辈分。她具有典型的爱新觉罗氏外貌，或许确曾为皇族格格。立像的拍摄时间判断为 20 世纪初年，因为其家属提供了她同时与爱新觉罗·毓朗家格格的合影。以荣源 1884 年出生日期及毓朗家格格的年龄推算，照片上的她至少已接近 40 岁。富贵太太锦衣玉食，保养得温润雅致。

1930 年 75 岁刘姓宫女振振有词的说法，只能让人得出一个结论——不能偏信个人指认！

而 1960 年指认“贞贵妃肖像”的两位前清太监，当时的岁数恐怕更是超过了 75 岁。最关键的是，他们在宫内服侍时有无接近过珍妃，熟悉她的容貌？珍妃在 1894 年因“耿九案”遭沉重打击后步入颓落，直至 1898 年被打入冷宫，1900 年被沉井，她的近侍不是被杀就是被轰出宫外。所以说，1960 年两位语焉不详、背景不清的太监指认，同样存疑。

“贞贵妃肖像”的发型也有疑点。请注意，她宽阔的额头上竟然有刘海！熟悉晚清女子头饰的人都知道，在贵族家庭，女孩子髫年总角时会偶尔留额前刘海，待嫁之时已是端庄旗头，额头光洁，发丝后拢，一丝不苟。而嫁为人妇，要行“开脸”仪式，更无刘海飘零，遑论刻板的清廷后宫。另者，清廷后妃们还有“半月头”的发式，就是剃掉额际部分头发，发际线更偏后，额头光洁锃亮。珍妃天天要向太后请安听训，怎么可能刘海在额？给她天大的胆子也不敢啊。

此外，后世传闻珍妃生性活泼，整天与光绪厮守，两人甚至易装逗趣，她还把相机带到宫内。即便这些传闻成立，鉴于 1894 年遭慈禧重罚之后她的张扬个性被彻底打垮，所以这张照片只能是摄于 1894 年之前，也就是在她 18 岁甚至更小的时候。而无论怎么看，这张肖像都是 20 岁以上相对成熟的年轻女性的面孔。再者，就算珍妃有相机是真，谁给她拍摄？当时的摄影器材是笨重的大家伙，操作繁复，没有专业摄影技术且不花费时间很难照得如此完美、标准。而清皇室正式请进的第一位专业摄影师是 1903 年被请进宫的德龄、容龄姐妹的亲哥哥裕勋龄，今天我们看到的慈禧等人的后宫照片几乎全部出自他之手。在这之前的十年，连光绪、慈禧都没有照片，如果是珍妃偷偷摸摸请人入宫进行如此繁复的拍照工作，再将胶片送出宫洗印，然后送还，我认为这简直是作死的壮举！

1960年半身像的女子直视镜头，这符合近现代人的照相习惯，在珍妃那个时代却很少见。荣源母亲在20世纪初年的照片还是“王顾左右”状，包括慈禧的很多照片也是不看镜头，略微斜视。因为最初国人对相机的认识是：这并非佳物，它会摄取人的魂魄，折损寿命。即便恭亲王奕䜣这么新派的人物，拍下的“王室第一照”也是一副无奈而呆板的表情，眼神空洞、幽怨，让人窥视到庞大帝国的虚弱与焦虑。那是西方人费利斯·比托于1860年11月2日为恭亲王所摄，作为奕䜣代表中方与英、法签订《北京条约》的历史见证。而奕䜣对这次照相大约是一万个不情愿，不知道是否丢了魂魄或折了寿。

照片上题写“贞贵妃肖像”字样同样可疑，珍妃的封号是珍嫔、珍妃、珍贵人、恪顺皇贵妃，从来没有什么“贞贵妃”，显然题写者极为随意。“贞贵妃肖像”现在作为“孤照”广泛流传，珍、瑾二妃的娘家他他拉氏家族的后人亦无人出来指认或者否认，因为他们也无从认识这两位12岁和14岁一入皇宫深似海的女子了。瑾妃老年去世前曾回过一次娘家，给祖母祝寿，而珍妃根本没再踏进过娘家门槛一步。

所谓“贞贵妃肖像”须由拥有此孤照原片的故宫方面做出摄影时间的技术判定，解释照片的众多疑点，而不能偏信 1960 年两位语焉不详的老太监的指认。在真相大白之前，我们也只能听闻各种关于珍妃美貌的传说，却不得眼见之实。

二、珍妃之死

光绪十四年（1888），从年初即开始组织光绪帝立后妃的选秀工作，最终进入“选秀决赛”的，除了内定的慈禧娘家弟弟的女儿，也就是她的亲侄女叶赫那拉·静芬（即隆裕皇后），还有两对亲姐妹：户部右侍郎长叙之二女及江西巡抚德馨之二女。据说德馨家姑娘更漂亮，而慈禧太后对长叙家女儿——珍、瑾印象颇佳，她们年龄小，介于女童到少女之间。容貌是否漂亮在遴选后妃的条件中不重要，重要的是门第及品德。于是长叙的女儿们当即留下，德馨的女儿们领赏离宫。而这时离充满繁文缛节的皇帝大婚还有一段时间，所以珍、瑾二位姐妹事实上是先于皇后入宫的，她们有几个月的时间学习礼仪，等待大婚之后正式获封。

当年年尾，大婚仪式启动，皇室向未来皇后娘家行“大征礼”，相当于民间的下聘礼。但蹊跷的是，11 天之后紫禁城里的太和门失火，整整烧了两天两夜，直至化为灰烬。而此门是皇后进宫的必经之门，重修无望，只得在原址扎了一座和太和门一模一样的彩棚。42 天之后，皇后经此彩棚被抬入宫中，两个看过太和门着火热闹的女孩也跟随皇后获封嫔位——珍嫔住景仁宫，瑾嫔住永和宫，这个时候她俩刚刚跨入人生的第 13 和第 15 个年头。

珍、瑾入宫后得到老太后关爱，珍妃的近侍白姓宫女曾说：“珍妃貌美而贤，初入宫时，极为慈禧所钟爱，知其性喜绘画，乃命内廷供奉缪嘉蕙女士教之。”1889 年，恰逢云南女画家缪嘉蕙入宫供奉慈禧太后行书作画。可见，最初慈禧太后对珍、瑾二人还是喜爱的。两姐妹自小在广州武将叔父家长大，见过世面，甚至叔父还请大才子文廷式教授她们功课，所以读书识字、写写画画水准应该高于一般闺秀。

珍嫔的 13 岁到 18 岁是她最美的青春与生命，她天真无邪、开朗活泼又聪颖灵秀，毫无疑问博得了光绪皇帝的欢心。之后逐步发展到恃宠自傲，行为出格，渐渐疏离了太后的欢心，与皇后、甚至她自家姐姐瑾嫔发生了嫌隙。

光绪二十年（1894）是清朝历史的大耻之年，清廷与日本于当年7月开启甲午战争，转年3月以清廷完败、北洋水师全军覆没而告终，主战派的光绪帝等亦遭沉重打击。而年初，景象尚且清和，借着为慈禧太后庆祝六十大寿，在正月十五，珍、瑾二嫔齐升妃位。此后珍妃愈加不能内敛自持，结果妃位没坐满一年，到了10月，就因犯有卖官鬻爵、忤逆太后之过失，被降为珍贵人，姐姐瑾妃也跟着一块降位。此事有史料为据，胡思敬《国闻备乘》中记载："初太后拷问珍妃，于密室中搜得一簿，内书某月日收入河南巡抚裕长馈金若干。"《清史稿·后妃传》则记载："（珍妃）以忤太后，谕责其习尚奢华，屡有乞请，降贵人。"也就是说，在这内忧外患的一年，中日甲午海战正酣之时，后宫不虑国危，妃子还在卖官鬻爵大捞特捞，加之皇太后及皇后看她张扬外露，不知自敛，缺乏恭敬贤淑，早就不入眼，正好各种出气，给她颜色看看。据说，珍妃被施以"褫衣廷杖"的酷刑（褫衣廷杖，意为脱去衣服直接对肉体施刑），还有宫女回忆说珍妃被皇后掌脸，这几乎与肉体酷刑一样，是对她人格尊严的最严厉打击。太医张仲元所书脉案记载："抽搐气闭，牙关紧闭""人事不醒，周身筋脉颤动""恶寒发烧，周身筋脉疼痛"，这些可以作为珍妃被廷杖的证明。瑾妃虽说是跟着妹妹吃挂落儿，丢了妃位，但没被责打。

在这桩事件中，珍妃手下先后受到株连的太监有永禄、宣五、王长泰、聂德平等数十人，有的被发配充军，有的被秘密处死，有的被立毙杖下。伺候珍妃的白姓宫女也被驱逐出宫。举王长泰为例，他只是一个梳头太监，却能仗着珍妃的势力，在京西大有庄购地建豪宅，被查抄时身价不菲。后来宅子被内务府收了，发给嘉庆帝第五子惠亲王绵愉之孙载润使用，号称“东所”，今尚有残址，归今天的国际关系学院。可以想见，珍妃收钱办事比较大胆，连身边人也跟着过手拔毛。这次变故，她身边的人被悉数处理，这也是后来内廷对她熟悉的人极少的缘故。

表面上看，光绪二十年珍妃遭遇人生的根本转折，只是一个未深谙人间之事的18岁少女，因为贪玩贪心和自恃宠爱而受到打击；但实际上，整治受贿的后宫亦是整个朝廷焦虑政治的体现。甲午之战，清廷根本没有做好完败日本的思想准备，它如一头虚弱而又思路混沌的困兽，不知如何应对一个有着更为先进管理技术的外部世界的挑战，因为它连挑战的规则都不甚了了。

所以，珍妃遭遇打击也可以说是在为主战派的光绪皇帝等受难，被对手抓住了其贪财且举止出位的弱点，而并非简单的宫廷妇人争斗。在这之后她的锋芒锐气全无，只剩下与心心相印的光绪帝彼此取暖温存，聊以慰藉。但这只是光绪另一次落败前的暴风骤雨的短暂间歇。

第二年，即光绪二十一年（1895），珍贵人以谦卑悔改之态度请求原谅，和姐姐一起重新回到妃位。接下来的三年是平静的三年，对光绪皇帝而言则是志图改良维新，以求在政治上最后一搏的三年。但1898年戊戌变法失败，光绪被囚瀛海，他身边亲近之人更是无好下场。珍妃这次没有被指控什么具体罪状，只是皇帝都没了自由，凭什么她还可以在宫内晃悠？于是，还不如上次“有审有判”，欲加之罪，尚有佐证，这次，慈禧太后对其已没有半点耐心，直接未审即判，送进皇宫一个叫“东三所”的角落。珍妃如坐死牢一般，被封门于内，每日小窗送饭送水，清理两次排泄，逢到年节祭日，更有宫内太监受托过来令其下跪听训，历数其“罪状”，责骂一番。如果不是珍妃内心还对光绪皇帝抱有希望，真不知道一个20岁出头的生命有什么理由继续活下去。

关于庚子年发生的“珍妃之死”，近现代有各种记述，大体分为两派。第一种说法是“径自投井说”，这是傲娇的清朝贵族及官方的观点。《清史稿》说：“二十六年，太后出巡，沉于井。”意思似乎是太后等人出走紫禁城后，珍妃沉井自尽。贵族方面是载沣代表发言，他对珍妃畏死、长跪求免的说法嗤之以鼻，说高傲的珍妃绝非苟且偷生之人。他驳斥所谓崔太监将珍妃裹毡投井的言论，因为即使裹毡，也势必要接触“玉体”，这与“礼”不合。所以高傲的珍妃只能是殉节跳井。罗惇曧的《庚子国变记》（发表于1912年）则说，当时西狩扈从过多，带不走的妃子被打发回娘家暂避，珍妃偏要跟走，不准，“乃投井死”。也是跟随这种说法。

但后来更多太监、宫女的回忆并非如此，这便是第二种说法“被强行投井说”的由来。证言多来自宫女太监，不是一人，也不是两人，而是更多，有名有姓的包括前文提及担任过故宫顾问的太监唐冠卿。1930年《故宫周刊》的“珍妃专号”有唐冠卿如下描述：

> 少顷，闻珍妃至，请安毕，并祝老祖宗吉祥。后曰：“现在还成话么？义和拳捣乱，洋人进京，怎么办呢？”继语音渐微，喴喴莫辨，忽闻大声曰：“我们娘儿俩跳井吧！”妃哭求恩典，且云未犯重大罪名。后曰：“不管有无罪名，难道留我们遭洋人毒手么？你先下去，我也下去。”妃叩首哀恳，旋闻后呼玉桂（崔玉贵）。桂谓妃曰：“请主儿遵旨吧！”妃曰：“汝何亦逼迫我耶？”桂曰：“主儿下去，我才下去呢。”妃怒曰：“汝不配！”予聆至此，

已木立神痴，不知所措。忽闻后疾呼曰："把她扔下去吧！"遂有挣扭之声，继而砰然一响，想珍妃已堕井矣。斯时光绪帝居养心殿，尚未之知也。

这个说法来自故宫，于是广泛传播，虽然被怀疑有添油加醋的成分。

在紫禁城出版社于1992年结集出版的记述宫女何荣儿之回忆的《宫女谈往录》里，有对崔玉贵的造访记录，附会了这种说法：

就这样，我（崔玉贵）和王德环一起连揪带推，把珍妃推到贞顺门内的井里。珍妃自始至终嚷着要见皇上！最后大声喊："皇上，来世再报恩啦！"

我不会忘掉那一段事，那是我一生经历的最惨的一段往事。回想过去，很佩服25岁的珍妃，说出话来比刀子都锋利，死在临头，一点也不打颤——我罪不该死！皇上没让我死！你们爱逃跑不逃跑，但皇帝不应该跑！——这三句话说得多在理，噎得老太后一句话也回答不上来，只能耍蛮。在冷宫里待了三年之久的人，能说出这样的话，真是了不起。

此外，其他太监宫女以及皇室后人还有各种类似版本，但基本不是“亲见”而是“听闻”。如1983年《文史资料选编》（第十八辑）刊登唐海炘（他他拉·海炘）的文章《我的两位姑母——珍妃、瑾妃》，对上述二观点略有调整，说珍妃投井不是本意，的确是慈禧命崔玉贵执行，珍妃倔强，不让阉人近身，就自己跳井了。

归结而论，上述几种观点对凶手是崔玉贵没有太大争议，区别只在于珍妃被投井时是恐惧筛糠还是倔强嘴硬？我倒倾向于她是死硬骨头不服输的主儿，这也符合她的人生经历：在宫中历练11年，总还是煮不熟熬不烂，没学会真服软，与老太后鸡蛋碰石头，最终香消玉殒丢了命。

后来发生的事没有异议。一年后，西狩的慈禧回宫，便命珍妃娘家人把尸体打捞上来。泡了一年多，尸首胀撑住了井壁，娘家人含泪烧香求佛，才终于把尸首捞了上来，草草下葬到恩济庄一带。

这条人命让慈禧内心多少有些不安，便拿崔玉贵这倒霉催的替罪羊开刀：当年说的是气话，没让你真给推下井啊！轰出宫！但这处罚是象征性的，因为崔玉贵当时是二总管太监，授三品衔，只是削了他二总管的职。另一层，他是祥桂的干儿子，也就是隆裕的干兄弟，有人撑腰。所以，出了宫他先回到原来送他进宫的庆王府，没过多久，又蔫不出溜回宫了，照样慈禧近前侍候，直到慈禧1908年死后出宫，在蓝靛厂立马关帝庙买地600亩养老。1925年他因疽发背死于庙内，这病今天西医叫“背部急性化脓性蜂窝组织炎”，清廷遗老如果知道肯定嗤之以鼻：“碰了珍妃玉体，现报应！”

珍妃死后恢复了名誉，皇室给她的盖棺定论为：“上年京师之变，仓猝之中，珍妃扈从不及，即于宫闱殉难，洵属节烈可嘉，恩著追赠贵妃位号，以示褒恤。”光绪驾崩后，“移祔崇陵，追进尊封”。最终，珍妃总算被移到与她相爱的皇帝近旁。

珍妃的同父异母姐姐瑾妃，生于中秋满月之日，被公认为持守谨慎、敦厚无争、秉性温柔的好好胖娘娘，好吃，喜美食，臣子们都喜欢她赏的饭，她还是今天依然存在的北京老字号“天福号”的主顾。她的命运与隆裕皇后类似，不见爱于光绪皇帝，便将大把的闲暇用来绘画写字，研究美食。至于她与妹妹珍妃的关系，恐怕只是内心牵挂而已，因为即使在珍妃得宠的那些年，她们也是各自居住，鲜有来往。珍妃遗体被打捞出来后，她在贞顺门里珍妃井旁立了个小灵堂，书“怀远堂”匾额，灵堂正中悬挂“精卫通诚”横幅，供奉“珍贵妃之神位”的神牌。她将妹妹比作“精卫”，佩服其勇敢精神。而同时，她也羡慕妹妹虽然一生短暂，却拥有与光绪皇帝的坚贞爱情，而这，是她从15岁入宫到51岁离世都遥不可及的。平生不知爱情为何物的女人，是怎样的落寞神伤。

然而，面若乐佛的胖娘娘也不是好惹的。隆裕皇后离世后，瑾妃的地位便是最高，统摄后宫。于是她也学慈禧，令小皇帝溥仪认其为额娘，学着样儿做老太后。结果有一次，不知何故溥仪顶撞了她的管教，她就把溥仪的祖母及亲娘从醇亲王府召到宫中严厉斥责。溥仪的亲娘乃荣禄之女，醇亲王之嫡福晋，甚至是慈禧的干女儿，一贯傲视群芳，哪里受过如此辱骂，而且是被一个一直如影子般在宫中游荡的他他拉氏深责！这位瓜尔佳氏顿觉羞愧难当，回到府里便吞鸦片自尽。吞鸦片并不是马上死的，她便在府内到处溜达，面目可怖，见到溥仪四弟溥任便大声道："记住，你哥哥是大清皇帝，你可得为额娘争气，长大了帮你哥哥！"（参见溥任《醇亲王府的回忆》）

瑾妃这时候已尊为端康皇贵妃，大概也不能理解她以为还是自己好友的瓜尔佳氏因其呵责而离世。这件事也可以看出，那个年代的女性，命似薄纸，哪怕是皇帝妃、亲王福晋，一念间，轻轻易易就决绝离世。

珍妃来到这个世界，是浮华一梦，是水中花，是镜中月，只有惊鸿一瞥，连所谓存世的两张照片都不真实。虽然在《清宫秘史》这样的影片中，她被彰显得有政治大义，支持皇帝改良，但并无实证，难免有被美化、虚构与拔高之嫌。她无非是以美姿与伶俐取悦皇帝，并为自己攫取钱财，但情商不足，失洽睦于“上级”——太后及皇后，导致全盘失败。

而珍妃姐姐瑾妃的一生，自始至终黯淡无光。好不容易熬走了皇帝，熬走了老太后，却又不经意害死了瓜尔佳氏，被后人所诟病。

每一种如花美眷，都有一种难熬的似水流年。后宫的女人，并不能做她自己，只有随时接受命运的诏令。

2016年9月26日

于万柳

王府井：苍茫往事话今夕

民国初年，在北京城内唯一的火车站——正阳门东站外，有许多趴活儿的洋车，看到有老外出站便一股脑涌过去，抢一单好生意。不管老外怎么比划或者给车夫看纸条，说他要去的地点，车夫一概不管——听不懂洋文又不识几个大字，再啰嗦生意没了，只管拉起老外一路小跑往莫理循大街的莫理循宅邸奔去。

是的，乔治·厄内斯特·莫理循，乃当时京城名气山响的外国人，无人不晓。他曾任伦敦《泰晤士报》驻北京记者，1912 年应中国政府聘请，担任了袁世凯的政治顾问。可以说，这位只会讲不超过 30 个中文词汇的澳大利亚人，在某种程度上影响了当时的中国政治。他在王府井大街置有房产（即今天的王府井大街 271 号），于是袁世凯将他的住宅所在大街命名为“莫理循大街”。

今天，享誉中外的王府井大街是北京的商业文化名片，而直至中华人民共和国成立前，一直有人称呼其为“莫理循大街”。20 世纪 50 年代，在王府井大街南口店铺的墙上仍能见到“Morrison Street”的路牌。

那些碎碎念自顾抱怨的老外，稀里糊涂被洋车夫拉到莫理循家，这里成了他们前往目的地的中转站。莫理循先生对此也习惯了，并不抱怨。安置初来乍到的外国人，他很有一股老江湖的气派，问清老外因何而来、欲要何往，便以中国通、北京通的姿态给他们指点一番。要知道，莫理循先生在西方世界很出名，当时有种说法是，《泰晤士报》有多少读者，就有多少人知道莫理循。所以洋车夫将老外一股脑儿拉到莫宅，也有点中式思维——请他们初来乍到拜个码头的意思。

莫理循 1917 年离开北京，回到故乡澳大利亚，但 1919 年又拖着重病之躯，在一战战胜国的分羹大会——巴黎和会上出任中国代表团顾问，忍着病痛为中国利益竭尽全力。但他终于没再回到北京，1920 年他病殁于英国西德茅斯岛，死前心有不甘：“我不想死，但如果不得不死，那就死在北京！”他的墓碑上写着“北京的莫理循”。是啊，那里有一条以他名字命名的大街呢。

对于动辄出土辽金文物的古都北京而言，王府井大街的历史算不上久远。很长一段时间里，那里只是不知名的普通村庄。忽必烈建元大都之后，这里被称作“丁字街”，属于五十坊中的“保大坊”，在枢密院北。随后开始有了商业，但离当时的三大商业中心之一“旧枢密院角市”，即后来的东四（牌楼）西南处还有一定距离。

朱棣迁都北京后，这里因为距离皇宫咫尺之遥，便陆续建起十个王府。有明一代，此地便称“十王府”或“十王府街”。当时这条街的北段，即赫赫有名的“东厂”所在地，在区域划分上属于“南熏坊”。“东厂”设立于明永乐十八年（1420），朱棣特别任命其亲信太监任东厂提督，四处搜罗情报。起初其设立意图是作为监察机构，后来却沦为滥施刑罚的特务组织。今天王府井大街西侧有“东厂胡同”，即为东厂原址。

明朝时期，王府井北端有灯市，正月初八至十八开放集市。此地两侧为楼房，珠宝玉器日常用品商铺林立，且有不少宴饮之地，晚上齐刷刷亮起灯盏，“望如星衢”，这是明《燕都游览志》里的记载。到清朝，商业娱乐业被轰往外城，此地繁华不复存在。今天仍有“灯市口”地名存焉。

明朝灭亡以后，王府荒芜，随后清朝贵族官员也开始在这里建住宅，并有一些寺院，此地继续被称为“王府街”，属镶白旗的领地范围。清末，即光绪、宣统年间，这里开始繁华，街道两旁出现了许多摊贩和店铺，逐渐成为京城繁华街市之一。

清末民初，这里还因为居住过权贵显要，而成为一些政治事件的发生地。其中最著名的地点是法华寺，该寺是明朝正统年间太监刘通将自己的宅院改建的，清末，有几大事件发生于此。一是咸丰年间，太平军起义，其精锐部队北伐，直逼北京，咸丰皇帝命奕䜣在法华寺成立京师巡防处，作为抵御太平军的临时军事指挥部门。其二，咸丰十年（1860），英法联军进攻北京时，咸丰皇帝出走热河，留下恭亲王奕䜣、大臣瑞常、文祥等与英法联军代表谈判，谈判场所便是法华寺。第三件大事，几乎影响了近代中国的走向。戊戌政变前，即1898年9月18日深夜，谭嗣同夜访当时寓居法华寺的袁世凯。如果没有这次造访，后面发生的一系列事件或许是不同的结果。今天流传于世的谭袁二人法华寺密谈的内容有两个版本，一是梁启超版本，应该是谭嗣同转告他的，另一个是袁世凯“戊戌日记”版本。两个版本中，谭嗣同所言基本一致，即让袁世凯杀荣禄、围颐和园；袁世凯的回答却有所不同，梁本说袁世凯答应了，而袁本却是袁对谭说：“你以我为何如人？我三世受国恩深重，断不至丧心病狂，贻误大局，但能有益于君国，必当死生以之。”话音刚落，“谭似信，起为揖，称予为奇男子。”袁世凯并未明确承诺，但谭嗣同以为没问题了。后世讹传谭嗣同夜访袁世凯是在南城崇文区的法华寺，甚至有文学作品如李敖的《北京法源寺》把这一历史事件放在了法源寺。而事实上，它就发生在今天王府井大街北段首都剧场以东的报房胡同内，即东城区法华寺旧址所在地。现在这所法华寺唯一的遗迹是乾隆四十三年（1778）所立“法华寺德悟和尚行实碑”，在多福巷社区夹道里。当年法华寺占地极大，房屋也多，袁世凯日记里说是租住于此，说明清末这里也对外出租客房，但百多年来，法华寺已被拆改为一片民居，了无踪迹。

其实，谭嗣同要求袁世凯杀掉的荣禄就在东厂胡同有住宅。位置在东厂胡同东口路北，那里曾是咸丰、同治年间的文渊阁大学士、两广总督瑞麟的宅院，不仅屋宇华丽，还有假山水系，后来分配给荣禄使用。不过谭嗣同找袁世凯的时候，荣禄正在天津为慈禧、光绪前往阅兵准备行宫呢。后来袁世凯为拉拢黎元洪，用10万银元从荣禄家买下这栋宅子送给了黎。黎元洪两度出任中华民国大总统，这里好歹也算个“总统府”，曾立有一块刻着“黎大德堂界址”的石碑。此宅址现由中国社会科学院图书馆及考古研究所等单位使用。

除了法华寺，王府井大街上有过类似风云过往的还有著名的贤良寺，但其遗迹已无存，范围涵盖今天东安市场东侧的校尉胡同、金鱼胡同和煤渣胡同。最早这里曾有清室赏给吴三桂的宅子，雍正登基后，又将这里赏给他最喜爱最信赖的十三阿哥，即怡亲王允祥做王府。允祥死后，尊其遗愿舍宅为寺，寺名由雍正钦赐，依允祥谥号“贤”取名“贤良寺”。清晚期，贤良寺便成了外省朝廷重臣进京朝见的住处。非但如曾国藩、李鸿章、左宗棠、张之洞等地方督抚进京寄住于此，连康有为、沈子培、王病山等维新派人物进京时也居住于此。李鸿章在钦差大臣任上吐血而亡的地点就在贤良寺，那是1901年的11月7日。

没想到，后来的繁华商业地区竟然曾经是中国政治风云涌动之地。

民国时期，王府井大街分为三部分：北段称王府大街，中段称八面槽，南段称王府井大街。八面槽是灯市西口到东安门大街这一段，其名称始于乾隆年间，因为官员们骑马至紫禁城，就在这一带设了8个饮马用的水槽，该名称一直沿用到1965年。南段得名于某王爷家里圈着的一眼甜水井，旧时京城内的井水几乎都是苦水，甜水井很少见，井址在今王府井大街西侧的大甜水井胡同里。袁世凯命名的莫理循大街也是指南段。

民国时期王府井一带的商业开始起步，但并不是北京最繁华的街市，不如前门、东四牌楼和鼓楼大街等老牌商业区繁华。大街上最有名的地段莫过建于光绪二十九年（1903）的东安市场，因为清末的新政时期允许皇城附近开辟经营场所，便专门辟出一块占地面积约130多亩的地方，将原来分散在东安门大街两旁的小摊贩集中到一起，形成“东安市场”，其实就是个大集市。随着人气渐旺，钱庄、戏院、电影院、洋行也纷纷落户，逐渐成为一个市民吃喝玩乐的场所。此外因为挨着吉祥戏院，不少上戏的名角如梅兰芳、马连良、谭鑫培、杨小楼、金少山、谭富英等，也会戏后去东安市场吃个夜宵。即便如此，直至1933年，王府井大街仍是一条土马路，从南到北仅有五座楼房：外商福隆洋行、仁立地毯公司、同升和鞋帽店、公寓楼房和北平国货售品所。北平国货售品所是爱国商人宋则久先生经营的天津国货售品所在北京租地开设的分店，坚持卖品质上乘的国货。而此时东安市场建起了屋顶大棚，也不再是露天市场。据1933年12月的统计，东安市场共有16个经营区，已是一个包括畅观楼、青霖阁、中华商场、丹桂商场、桂铭商场、霖记商场和东庆楼等7个小商场，分布着各行各业商贩900余户的超大规模的市场了。但随后日军占领北平，继而内战兵荒马乱，城市整体萧条，至中华人民共和国成立前夕，东安市场商家只有600户左右，十几年间反而减少了三分之一。

中华人民共和国成立以后，可以说，王府井是政府最为重视和全力打造的北京市著名商业区，乃至成为向全国人民和国际游客打造的一张金色商业名片。1955年开业的百货大楼与东安市场（曾一度改为“东风市场”）一起，成为王府井大街上的两大商业主体。1996年，北京市政府投资10亿多元对王府井大街进行扩建改造；2012年，再计划用5年时间新增建筑面积80万平方米，扩容四成多。如今，王府井大街的范围是南起长安街，北至中国美术馆所在的五四大街，并辐射周边方圆数里的区域。

北京人买东西也去王府井，但更多地选择西单，而现在更有遍布京城的新型商圈，王府井对北京人的不可或缺性已极大降低。但王府井不会因此衰落，因为它不光具有独一无二的政府倾力建设与投资，更有着优越的地理位置和不可估量的老北京传统商业文化的品牌价值。外地游客到京一游，游完故宫、天安门，沿长安街东行数百米便可抵达这一著名地点。这里不分四季，步行街上永远人潮涌动，店铺里人头攒动，难怪号称“日进斗金”的寸土寸金之地。众多老字号如盛锡福帽店、同升和鞋店、四联美发、大明眼镜，以及餐饮老号全聚德、东来顺、五芳斋等，扎根王府井都在数十年以上。除了物质商品，大街北段还有著名的“人艺”演出场所——首都剧场，赶巧了档期，可以看到全中国最优秀的话剧演员出演的剧目。可以说，这一切代表了一种北京信誉、首都信誉，以及一种文化底蕴，即使在物质商品极大丰富的今天，人们还是愿意在这里流连，感受这中华第一商街的历史厚重感和动感十足的现代韵律。

经常有外地朋友跟我说：“我去王府井，不一定买东西。但每次来北京必在那条宽阔的步行街上走个来回，感受个气氛，否则就像缺了点什么。”外地朋友还要去那条油腻腻、逼仄拥挤的“小吃一条街”上挤一挤，虽然什么炸蝎子、油炸冰激凌等黑暗料理难吃又可怕，还有各种打着北京小吃之名号，却毫无北京小吃之实的东西。我一直忧郁地认为这是给北京小吃抹黑，但是那些外地朋友比我这个北京土著更坚信王府井的一切都是正统北京的代表。他们还会买那些最普通的旅游小商品，其实在其他地方也可以买到，但他们坚持在王府井买，认为那便代表了正宗、正统、正确。

今天的王府井大街，更趋国际化和高端消费，但也不乏适合普通消费的优质商品。老字号更是越来越彰显岁月文化的积淀，令怀旧者、回归传统者，可以在这里找到旧时光的温暖。而大街两侧分散出去的胡同、街道，如花开枝蔓，延伸着大街浓郁热烈的芬芳，只是会清淡并安静一些。甚至走进深处，老式垂花门优雅地矗立眼前，还会有恍如隔世的错觉。那是繁华后突然的寂静，就如历史岁月，貌似消失殆尽却隐藏于人们的心中。抬头仰望，说不定还有蓝天鸽哨，清脆悠长，但白鸽群却倏然远去。

2017 年 10 月 24 日

城外

公主坟：真假公主之谜

一

北京西三环上有一处爆款的堵点：新兴桥。开着车听交通广播的人经常会听到这个地名。怎么说呢，西三环本身就比较拥堵，而这里又是交叉立交桥的一个节点。新兴桥名字源自桥旁的一座老宾馆——新兴宾馆，隶属于军方背景的中国新兴集团公司，大约是 20 世纪 80 年代建成，当时高档时髦，就成了地标，立交桥也因此得名。今天看来，其外表就是个普通三星宾馆。

新兴宾馆在新兴桥的西北角，门前立着一尊石雕，近前一看着实吓人一跳：是现代石雕——“和硕公主像”。雕像女子表情倔强，咬着嘴唇，目光坚毅，坐西朝东，静观前方。最吓人的是，雕像底座标注：还珠格格原型，别说还有点小燕子成年版的沧桑。这位和硕公主是民间传说里一段凄美爱情的主人公：汉人金泰从小就被满族人收养，因立下战功被封为元帅，在游园时与和硕公主相遇，一见钟情。朝中老臣从中作梗，令乾隆皇帝流放了金泰，贫病交加的金泰便上书公主，说，见信时我已不在人世了，望公主珍重。公主见信后从容服下毒酒，追随爱人而去。乾隆无奈，将金泰草草葬于香山，而将公主远远地埋在了今天的"公主坟"。

这段爱情故事的确动人，但只是让人掬一把热泪而已。有封号的公主都是出嫁了的皇帝女儿，怎可能与一位武将在游园会上另生情愫？"金泰元帅"更是查无此人。"元帅"一职到清朝末期才出现，那是为建立现代军队设立的军衔，如"陆海军大元帅"之职，由皇帝担任，皇帝未亲政前由监国摄政王代理。之前，清朝武将最高级别：正一品，称"领侍卫内大臣"；从一品，称将军、都统、提督。现在，这座雕像又将金泰、和硕公主与还珠格格—— 一部20世纪90年代电视剧里的人物"小燕子"——混为一谈，不嫌乱吗？

确切地说，新兴桥正是坐落于当年"公主坟"的准确位置，以桥为轴心方圆十几亩土地都是当年"公主坟"的坟场范围，只是修桥时将"公主坟"十字劈开了。其原始样貌及遗存从嘉庆年间一直存续到1965年，当然这中间也经历了一个逐步损坏、缺失、被盗、荒草芜杂、破败荒凉的过程。譬如，1939 年冀东保安队殷汝耕手下持枪来此地，公然盗墓，因有人告发，被当时的政府制止，但墓地还是遭到破坏。后来，日伪政府又要建所谓“新北京”，修一条马路直达石景山，于是要平掉此墓。当时坟墓主人的后人花了一大笔钱疏通关系，才把修路的规划改了一下，保留了坟场。

直到 1965 年修地铁 1 号线之前，这里还有坟场围墙，俗称“坟圈子”，里面有部分遗留建筑，有两座宝顶。坟场分东西两个院落，因为占地面积大，附近的海军大院、空军大院、军事博物馆等军事单位又喜欢放电影，坟场东院就做了露天电影院。军队同志们无所谓，没忌讳，在一片大空场坟地看电影竟成了众多 50 后大院子弟的记忆。而西边那块地方被一个叫苑家村的公社占着，开了一个豆腐坊，每天吱吱呀呀豆香四溢，雪白的大豆腐被推车拉走。东院放电影，西院磨豆腐，埋在地下的公主也算不寂寞了。

坊间关于公主坟到底是哪个公主的坟有众多传言。公主肯定是公主，不过清朝国祚 276 年，从固伦到和硕，再到没有受封的皇帝女儿以及皇室收留的义女，过几百人总是有的。后来没了碑石考证，没有文字可查，传言便更是五花八门。其中有说是孝庄皇后的义女孔四贞的，这个传言很盛。孔四贞这个女人的命运比较坎坷，父亲孔有德是明朝降将，清朝国号还是“金”的时候就投降了，封“定南王”，后来为顺治朝与南明作战，死在广西。可怜孔四贞孤苦一人，不知如何千辛万苦跑回京城，孝庄太后悯之，收为义女。之后下嫁给她父亲手下将领的儿子。孔四贞性格跋扈，夫妻关系不睦。后来其夫在三藩之乱中被吴世琮所杀，她被吴三桂软禁8年，之后又一个人孤独回到京城，这时太后早死了。据说她晚境很是凄凉落魄，最后大约葬在父亲的墓地，就是阜成门外一带的孔王坟（现外交学院一带），因此她没有可能享受厚葬的礼遇。

还有传言说是乾隆帝的养女。乾隆自己就有10个女儿，活到成年的有5个，有没有收养女儿不见正史。乾隆65岁时惇妃诞下十公主，这位老十公主算是乾隆老年得女，掌上明珠，非常受宠，加之娇憨可人，聪明活泼，常在乾隆膝下环绕，长大了还跟着皇家狩猎坝上，会骑马射箭，这在当时皇室年轻女子中醒目出挑。后来乾隆给她择了一位佳婿，嫁给了内阁首席大学士和珅的长子丰绅殷德，受封固伦和孝公主，“固伦”指国家之意，如同男性皇室的亲王级，只有皇后诞下的女儿才可获此封号。以她生母妃位品级而被封固伦公主，足见乾隆帝对她的疼爱。

作家琼瑶在上个世纪的某个时间盘桓京城，某日路过这个叫“公主坟”的地点，便生出无限遐想，所谓“金泰之妻”、乾隆养女、十公主的故事，便成了后来《还珠格格》的创作缘起。里面的小燕子活泼不羁，对皇上没大没小，多少沾了点十公主的影子。真实的十公主死后葬在今天海淀东北部与昌平交界的一个地方，后来看坟户形成一个小村子，村名也叫“公主坟”，属于东玉河村管辖，到今天遗址基本无存。而坊间传言，传来传去，竟然搞出来了前文提及新兴宾馆前那尊“和硕公主”的石头雕像。孔四贞至少还是真人真事，还珠格格完全是琼瑶女士文学创作出来的女孩儿啊。

二

1965年要修地铁1号线了，图纸规划线路正是要东西贯穿公主坟，当时修地铁是没有盾构机的，只有从地面开膛，“公主坟”只得作为文物发掘。虽然被盗过墓，可当时还是出土了不少陪葬品，有兵器、蒙古刀、丝绸珠宝等物，唯独没有墓志。历史学家对这些陪葬品及墓主人后代进行了调查，再结合《清史稿》记载，终于搞清了公主的身份，揭开了历史面纱，民间传说亦不攻自破。陵墓埋葬的是清嘉庆皇帝的两位公主，分别排行第三和第四。据《清史稿》中“公主表”记载，仁宗皇帝共有九女，其中排行一、二、六、七、八这些女儿均未长到成年，未受封。五女追封为慧安和硕公主、九女追封为慧愍固伦公主，这两位公主也没超过十岁而夭折，但不知什么缘故被嘉庆皇帝厚爱，不仅获得追封封号，还下葬在河北易县清西陵之崇陵的西南方，名为“慧安及慧愍公主园寝”。嘉庆皇帝的三女和四女，是九位公主里硕果仅存长到成年且婚嫁出去的姑娘，老三受封庄敬和硕公主，老四受封庄静固伦公主。按照祖制，出嫁的皇帝女儿不能归附皇陵，也不能下葬夫家墓园，只能另外择吉地建造寝园，而巧合的是，老三、老四是同一年去世的，相隔仅两个月，所以当年皇室便决定将两位姐妹身后安置在一起，这便是公主坟两座宝顶的来历。

公主坟现在是著名的交通枢纽，地下跑地铁，地上立交桥，北京人口中的“公主坟”即专指此处。它也被称为“复兴门外公主坟”或“新兴桥公主坟”，或者如今天政府文物部门立起的标牌——“羊坊店公主坟”，都是指此处嘉庆帝老三老四姑娘的坟茔，以区别北京东南西北好多其他叫公主坟的地方。不光是清朝公主，香山地区一个叫公主坟的村子相传是元朝某位公主的茔地，房山还有明朝朱棣皇帝女儿的公主坟。

三公主是和硕公主，没有妹妹也就是四公主固伦公主的品级高。因为三公主的母亲是和裕皇贵妃刘佳氏，而四公主则母亲高贵，是孝淑睿皇后喜塔腊氏，四公主也是后来的道光皇帝同父同母的妹妹。她们的封号是严格按照母亲的地位所出的。

三公主的坟墓位置在今公主坟地铁站西北角出口处，四公主的坟墓位置在地铁站东北角出口处。两座地宫均是砖石结构，构筑牢固。两座宝顶后各有一圈白皮松，宝顶之前，均有享殿一座，悬山顶，面阔三间。和硕公主的享殿为绿色琉璃瓦顶，固伦公主的享殿为黄色琉璃瓦顶。这琉璃瓦的颜色便代表着品级，黄色最为尊贵。享殿前方两侧有两排朝房，是供后人祭奠时休息的地方。现今保留的遗迹是三公主墓前的享殿，不是原样了，是后人翻建的，已不再覆绿色琉璃瓦，只是普通灰色砖瓦，看那个样子，是不是 1992 年被海淀区人民政府立为“区级文物保护单位”后才复建的呢？存疑。2012 年海淀区文物普查时，将其登记为“羊坊店公主坟门殿”。

说来奇怪，嘉庆帝的女儿缘好差，9 个女儿，7 个早夭，老三老四倒是长大成人，风风光光招了额驸，却在同一年即嘉庆十六年（1811），在 30 岁和 28 岁的大好芳华辞世而去。老皇帝竟是在有生之年眼睁睁看着自已9个女儿全部病殁。

三公主20岁出嫁，额驸为蒙古科尔沁部博尔济吉特氏的索特纳木多布济郡王，十年婚姻，无后嗣，无奈，收虽为贵族出身但家境贫寒的僧格林沁为嗣子，继承家业。僧格林沁承袭科尔沁左翼后旗扎萨克郡王，成为道光、咸丰两帝及慈禧太后所青睐的大臣、大名鼎鼎的武将，不枉庄敬和硕公主高贵的出身门第。四公主18岁出嫁，下嫁的额驸也是蒙古贵族——博尔济吉特氏的玛尼巴达喇。

两位公主的府邸于今尚有遗迹。庄静公主府，在今天被称为“棍贝子府花园”的地方，位于新街口东街，深藏于北京积水潭医院里面，尚有府邸花园基本保留，曲水古木，景致优美，而水是从西海引入的，尤见四公主府隆浴皇恩。玛尼巴达喇在嘉庆七年（1802）袭其父之贝子爵，道光十一年（1831）晋贝勒。庄静公主有后人，其子德勒克色楞袭贝子，咸丰七年（1857）卒；其孙索特那木色登袭贝子，光绪六年（1880）卒；其曾孙棍布札布袭贝子，一直居住在此公主府，故此府后被称为“棍贝子府”。棍贝子的后人叫林勤·多尔济，曾任雍和宫第一任管委会主任。1939年殷汝耕手下盗墓，他作为坟主人后人来收拾、处理后事。这位老先生1994年79岁过世，专门写过《我所知道的公主坟》，为后人留下宝贵史料。

三公主庄敬和硕公主府在今天京城的炒豆胡同，僧格林沁及后人居住于此。僧格林沁于咸丰五年（1855）升为博多勒噶台亲王，同治四年（1865）战死于山东曹州吴家店。为表彰其忠勇，慈禧太后准予修建显忠祠，位置在今宽街小学。1930年前后，僧格林沁曾孙阿穆尔灵圭亡故，僧王一系逐渐败落，位于炒豆胡同与板厂胡同之间的一大片府邸房产被变卖，所剩无几。清史及文物专家朱家溍先生家也买了部分房屋，朱先生在此终老。民国时有个出租房子吃租金的房东叫吉勒泰，可能是三公主的五代孙，他的儿子叫铁鸽子（估计是个昵称），就是六代孙了。林勤先生回忆，中华人民共和国成立后铁鸽子还有音讯，渐渐却不知去向。所以，今天三公主、僧格林沁这一脉后代便没有踪迹了。如果今人还想探寻庄敬和硕公主府邸的遗踪，可以去南锣鼓巷南边的炒豆胡同，其73、75、77号在胡同西段北侧，坐北朝南，南北贯通炒豆胡同与板厂胡同，这个范围就是原僧格林沁王府，1986年列为东城区文物保护单位，2003年升级为北京市文物保护单位。

两位公主的生平记录只在《清史稿》“公主表”里有简单说明，无非是生卒、婚姻、所获封号，都是苍白到没有任何生动气息的直白记录，她们的喜怒哀乐不得而知。她们只是伤春悲秋中美好年华里的一缕风，看不到抓不住，无影无踪地飘过。好在发掘陵寝时考古人员看到两位公主都是与额驸同葬。额驸没有归于祖陵，与公主生死相依。

2018年3月24日

于万柳

鱼藻轩：王国维的生死抉择

一、鱼藻轩定格的最美夕阳

颐和园鱼藻轩的最美时分是在夕阳西下之时。此轩四面开敞，似亭之通透，出檐退柱，四围相连镂空格栅，柱子之间坐凳围栏，开间写意为窗，线条流畅，比例合宜，精美华丽，不失大气。它伸出平直的湖岸，三面有水，北有游廊连接颐和园长廊及“山色湖光共一楼”。每当夕阳斜射，西面的两柱开间犹如镶嵌了格栅的落地窗，也恰似一帧典雅相框，把金色阳光里的玉泉宝塔嵌入成画，其中，山、水、塔，如梦如幻，人作与天作完美结合，但那只是一天里极为短暂的时刻。

王国维没有等到这一天地大美的瞬间，他是在中午 11 点左右，阳光正当焦烤炫目，眼前洋洋大湖一派白茫茫之时，义无反顾投于水中的。

1927年6月2日，王国维坐在鱼藻轩的围栏上，面朝大湖，时间大致是上午10点到11点。在这之前，他在家中用早餐如常，孩子虽然们已经放假，但也不能睡懒觉，而是陪他一起共进了早餐。但也有异常之处：过往，他去清华研究院总是有老用人冯友跟随，但这一天8点他独自前往。到了办公室发现没有带来学生的考试稿，无法登录成绩，便请校工取了来。他还发现前一个晚上给学生谢国桢扇面的题字，竟称谢国桢为“兄”，不妥，遂改为“弟”。

接下来王国维与办公处秘书侯厚培认真讨论了关于下学期开学后招生的事项，临了，他向侯厚培借2块钱，侯没有2元，便给了他5元纸币。其实2元这个数目是他精确计算过的他的不归之旅的用度，同时也没打算还钱给侯先生，所以超出了3元不知他作何想。也就是说，这一上午他有少许的混乱，借钱之举也有临时起意之嫌：万一他没有遇到侯先生，万一侯先生身上也没带钱呢？何况，当时清华校长曹云祥给他的聘书里约定：“每月薪金银币肆百元，按月照送。”若有准备，兜里不会缺这几块钱。所以，有可能的情况是，他早有死的念头，这天借到钱了，便去意已决。

当日是五月初三，离端午节也就是两天的光阴，屈原投水是不是也是一种暗示？

他出了清华园，给在大门口趴活的车夫5毫钱去颐和园。民国建立后一段时间内，颐和园仍为逊位清室所有，清室为了增加收入，曾经有限度地开放园区。但冯玉祥将溥仪赶出紫禁城后，颐和园便收归国有，1924年开始向公众开放，但票价很贵，要1块2角钱（有人计算相当于今天的80元左右），对特定人群的优惠票价是6角，限于军人及其家属、小童等，所以那时的颐和园只有京城的中上层人士可以游览。请注意，王国维在这之前从未进入过颐和园！虽然他寓居北京多年，且担任紫禁城南书房行走一年，但他并不喜欢游览消遣浪费时间。但他第一次也是最后一次进入颐和园，却把花费和时间计算得异常精准。

他大约10点钟走进颐和园，从他最后剩余的4元4角钱看，他似乎买了一张6角的折扣票。他一直沿着长廊行走，走到尽头，便看到了清晏舫（石舫），还坐了一会儿。在沿长廊一路走来时，他的目光没有离开过昆明湖，他在考察合适的地点。石舫在大湖的西湾里，西洋制式的大石头假船他自是看着不顺眼，便折回到鱼藻轩，这段距离是100米左右。他在围栏边坐了一会儿，抽掉一支烟，走下台阶，义无反顾头朝下扎入水中。其实，当时园子里人不多，但民国建立15年了，他这个拖着小辫子的老者来回走动是有人注意的。很快，也就是一两分钟光景，便有园子里的工人把他捞上来，但他去意决绝，把头扎入淤泥，口鼻腔尽已堵塞，工人不懂施救，他窒息而亡。

当时鱼藻轩下面的湖水很浅，王国维被捞上来时后背的衣服都没有湿透，有人说“水不过两尺”。王国维坐在围栏边一定看清了浅浅的湖底，所以他自是采取了最为有效的自戕方式。

园方也不知道他身份如何，出了人命吓慌了，赶紧派人跑到门口问等候的车夫：“谁把一个拖辫子的老先生拉过来的？”那个送王国维来的车夫正在颐和园东门守着呢，是王国维让他候着的，这才对上号。车夫一路跑回清华报丧，校方、家属乱作一团，悲恸之至。王国维并不是让车夫等着回程的，而是让他报丧的，他考虑得如此缜密。

整个6月2日的下午及接下来的一整夜，王国维尸体就被停放在鱼藻轩里，盖个又脏又破的芦席子。哦，对了，傍晚时分，鱼藻轩西窗棱的斜阳剪影一定在他的躯体上停留了片刻。躺在静美的山水之间，我能想象这一刻的定格。中国文化最后一个卫道士的壮烈身影在这自然光线的柔和转换里渐渐为黑夜吞噬。

二、王国维之死引发的种种猜测

关于王国维投水自尽的原因，争论了近 100 年。他的学问是没什么争议的，但死法实在出奇。在他遗体的口袋里寻到了一份遗书，遗书封面写着“送西院十八号王贞明先生收”。王贞明是他的三儿子。遗书内容为：“五十之年，只欠一死，经此世变，义无再辱。我死后，当草草棺敛，即行藁葬于清华茔地，汝等不能南归，亦可暂于城内居住。汝兄亦不必奔丧，固道路不通，渠又不曾出门故也。书籍可托陈（指陈寅恪）、吴（指吴宓）二先生处理。家人自有人料理，必不至不能南归。我虽无财产分文遗汝等，然苟谨慎勤俭，亦必不至饿死也。五月初二日父字。”这封遗书是 6 月 1 日写的，6 月 2 日他随身带着。

知识分子，或者说文人们一致认为他殉了“文化”，殉了几千年横亘延绵的三纲五常，殉了儒家先哲构建的中华文化精神之道统。以陈寅恪的表述最为明晰，他在《王观堂先生挽词并序》里写道：“凡一种文化值衰落之时，为此文化所化之人，必感苦痛，其表现此文化之程量愈宏，则其所受之苦痛亦愈甚；迨既达极深之度，殆非出于自杀无以求一己之心安而义尽也。”陈寅恪继而指出:“吾中国文化之定义,具于《白虎通》三纲六纪之说,其意义为抽象理想最高之境,犹希腊柏拉图所谓Eîdos者,……其所殉之道,与所成之仁,均为抽象理想之通性,而非具体之一人一事。”

陈寅恪认为王国维为理想与精神而成仁,拔到如此高度,是不是文人就事发挥,有所寄怀,甚至是宣泄对时局动荡下文化千疮百孔现状的不满?也未可知。大学问家大知识分子当然有自我抒怀、尽情发挥的空间。“王国维之死”可以作为中国文明没落之实证。

还有一种“殉清”说,我认为不靠谱。有人认为王国维仅仅秀才出身,最后可以出入宫禁,担任南书房行走,虽非帝师,但有机会与皇帝谈文论道,何等荣耀?怎不对清室感激涕零而为清亡祭出肉身?还有说,溥仪被冯玉祥赶出皇宫时,一班遗老如罗振玉、王国维等护驾出宫,既痛恨又觉羞辱,相约着跳护城河,后经家人相劝才作罢。但我迄今没查到一个为清亡而殉命的有头有脸的人物,甚至连皇族都无一人以死垂范。而1927年,清皇室已逊位15年有余,这时候再去投水殉清,很是说不通。再者,1925年,他接下清华国学院的导师聘书,已经食了两年“周粟”,“殉清”之说情何以堪?

持这种观点者的证据主要来自罗振玉的一系列作为:罗振玉伪造了一份王国维遗书,内容自是王国维对清廷的耿耿忠心，他据此为王国维请求赐谥。二十几岁的溥仪真是好骗，读罢“遗书”，感动得稀里哗啦，以为孤臣孽子忠心可鉴，便赐谥号“忠悫”，赏洋 2000 抚恤家属。所以持“殉清”说的大抵为遗老和被遗老蒙蔽的逊位皇室一干人等，是他们的一厢情愿。

有趣的是，梁启超看清室给了钱，不是很爽，也找人向当时的北洋政府要求支付给王家一笔抚恤金，以示民国政府对文人的关怀。在梁看来，对王国维这样的文人楷模、学问大家，政府理所当然要表示出怜惜之意，可惜热脸贴了冷腚，张作霖的奉系军阀连同其议会成员，绝大多数听都没听说过王国维这人是谁。可见当时中国之情形，文人们也就是在自己的圈子里惺惺相惜，顾怜自叹。军阀忙着斗法呢，谁管这些？

“殉清”说，或者认为王国维为固旧保守而死的观点，还会以他的辫子为佐证。民国了，连皇帝都剪了辫子，他还不剪，可见守旧。其实辫子无非是王国维不满世风、桀傲个性的外露而已，不说明他本质上死守旧主。他在日本 5 年也是短发青年，意气风发，专心治学，成果累累。回来后他担任南书房行走自是蓄着辫子以敬业和合规制，因为那时候小朝廷上下并未剪辫子，紫禁城里还是一个辫子国。1922 年初春的一个上午，溥仪受不了英文师傅庄士敦以“猪尾巴”嘲讽满人的辫子，自己拿了剪刀把辫子剪掉，随后又让剃头太监给他剃了个光头。但溥仪回忆说，自己剪了辫子，“太妃们痛哭了几场，师傅们有好多天面色阴沉”。民国十一年（1922）5月2日，《申报》刊登了一条只有6个字的新闻：溥仪昨剃辫子。而宫外他的父亲载沣，还有皇族近亲等早已剪发数载，皇族大臣载泽率团到西方考察，怕外国人讥笑他们背后拖个“猪尾巴”，一半的团员在路上就自行把辫子剪掉了。

所以，到了20世纪20年代，剪辫子已不是什么骇然大事，留辫子倒像是斗气逞强。譬如，精通西方9种语言、自小在英国受教育的“清末怪杰”辜鸿铭，在北大讲授英国文学，在当时算是少有的西学大师级人物，可他也留着个前清辫子。而他最为奇葩的是，出门叫洋车，也一定要挑留辫子的车夫。车轮飞奔，前面一条大辫子，后面一条小辫子，比肩齐飞，也真是民国一景。我认为，北大的辜鸿铭、清华的王国维，其实就是找不到与那个时代作对或者表达不满的方式，拿个辫子当旧军旗去独树一帜。王国维的学生吴其昌回忆：“当时，有同学曾婉转进言，请先生将辫发剪掉。其实呢，对于这，先生也并不怎么固执。他曾说过：‘倘是出其不意的被人剪了，也就算了，也就算了！’不过要让自己来剪，则老年人的情怀觉得有点难堪，不愿如此做罢了。”

明宫城图与建造功臣蒯祥

这是紫禁城大功告成后，工部官员呈给明朝皇帝朱棣的一份完工报告，其名为：《明宫城图》，一式两件，现北京故宫与南京博物院各存有一件。藏于故宫博物院的“红袍官人”旁有“工部侍郎蒯祥”字样。

——《紫禁城：苏州来的“蒯鲁班”》

闹市中的万松老人塔

始建于元代，位于北京城内西四南大街43号，大路西侧。塔高16米，八角九级密檐式砖塔，斜阳塔影，精致玲珑，是城区内仅存的一座古代砖塔，无可争议的地标性建筑。

——《万松老人塔：人间闹市里的斜阳塔影》

广化寺山门

离开后海北沿穿过一条狭窄的几十米的过道，便可豁然而见一座庄严宏大的佛教寺院，这便是广化寺。它在喧嚣的后海之后，在嘈杂的鼓楼西大街之前，低调而巍峨，700余年伴随京城，阅尽凡间如梦往事。

——《什刹海：在一隅观照红尘》

1960年故宫公布的贞贵妃肖像

“贞贵妃肖像”的发型也有疑点。请注意，她宽阔的额头上竟然有刘海！熟悉晚清女子头饰的人都知道，在贵族家庭，女孩子髫年总角时会偶尔留额前刘海，待嫁之时已是端庄旗头，额头光洁，发丝后拢，一丝不苟。

——《珍妃之死：从两张照片的真伪谈起》

今天待修的三公主享殿

坊间关于公主坟到底是哪个公主的坟有众多传言。公主肯定是公主，不过清朝国祚276年，从固伦到和硕，再到没有受封的皇帝女儿以及皇室收留的义女，过几百人总是有的。后来没了碑石考证，没有文字可查，传言便更是五花八门。

——《公主坟：真假公主之谜》

鱼藻轩夕照

每当夕阳斜射，西面的两柱开间犹如镶嵌了格栅的落地窗，也恰似一帧典雅相框，把金色阳光里的玉泉宝塔嵌入成画。

——《鱼藻轩：王国维的生死抉择》

鱼藻轩内外匾额

他折返向回走，路过的第一个湖畔之轩就是鱼藻轩，这纯属偶然。他有可能抬头看到轩内光绪钤印的匾额“芳风咏时”，而不一定跑出轩外，再回首抬头看到此轩正南上方的题额“鱼藻轩”。

——《鱼藻轩：王国维的生死抉择》

颐和园多宝琉璃塔

对美物有着奇特爱好的乾隆皇帝要挑战琉璃瓦的烧制工艺，他要造五色斑斓琉璃塔。他摒弃了黑色，增加了蓝色和紫色，以黄绿青蓝紫交错镶嵌，绚丽辉映。

——《颐和园：乾隆造塔》

戒台寺选佛场

每间寺院都是一本史书，而戒台寺的千年古树便是见证因缘的页码。

——《幽幽山中，千年一刹》

清华轩

清华轩里面不仅有石桥，还有一个小小的圆湖，附属于后院的东跨院还有一方巨大的石制卧碑，这三样是乾隆清漪园时期留下来的文物，算是珍贵。

——《清华轩：一方珍贵的卧碑》

摄影：颐和吴老

摄影：颐和吴老

大有庄全景

摄影：王斌

据说，香会队伍应皇室要求，回程路上会在粥棚空场地上进行“回香表演”，不外乎高跷花会锣鼓秧歌，是那个时代的民间嘉年华。这时候，慈禧会坐在颐和园后山上的“眺远斋”里，当后山有旗帜升起，大有庄的村长就下令已到达的香会队伍开始表演。

——《大有庄：夹在皇家苑囿间》

在大有庄修车的「小梁」

摄影：王斌

大有庄老宅

摄影：王斌

大觉寺里俗称的「迦陵和尚塔」

我认为大觉寺白塔与清雍正年间的住持迦陵和尚无关，而是为纪念一位明朝初年的法师而建。这位法师在大觉寺度过了人生的最后8年，他就是经历五朝，被奉为国师，并加封“西天佛子”封号，身后追谥“大通法王”的智光法师。

——《明朝的“玄奘”》

今天的秋水山庄

一切都开始改变，从前的花慧芝改回本姓“沈”，并被史量才取名“秋水”，似有“望穿秋水始得伊人”之意。

——《秋水山庄：青楼女子的宿命传奇》

还有一个比较小众的说法，即“惊惧”说，观点来自梁启超。说是王国维害怕革命军，因为在他死前不到两个月的时候，叶德辉在湖南长沙被杀，死法有点像被乱棍打死。处决是湖南农工商学各界团体在召开大会时宣判的，之后被立即执行，理由是他骂农民运动是“痞子运动”，是土豪劣绅的代表。其实，虽然叶德辉思想保守，袁世凯复辟称帝时，他组织筹安会湖南分会，赞成复辟君主制，但他作为一个对政治参与度极高的人与王国维是有差别的。王国维并未涉足共和还是立宪这些政治纷争，是比较纯粹的文人。但王国维想着叶德辉这样的“读书种子”被这么草率处决，可能也会生出对革命党的惧怕与愤恨。另外还有一个传言在清华园盛行，说是湖北文人王葆心被革命党枪毙。他是六旬老先生，在乡里德望甚重，只因通信中有“此间是地狱”一语，被暴徒拽出，极端棰辱，终于毙命。后来证明这是一段谣言荒信，王葆心一直活到了1944年。但当年通讯与信息的传达障碍确实令谣言满天飞，进而令文人们不能安心。

叶德辉之死，对王国维有一定的刺激，认为革命党滥杀文人，但并未参与复辟或反革命党活动的他，在清华园里有一份教书匠工作，并无过于忧虑的理由。

至于他为什么选择颐和园鱼藻轩，后人又有一种附会，说是王国维因“鱼藻”而联想至《诗经·小雅》之《鱼藻》篇：

> 鱼在在藻，有颁其首。王在在镐，岂乐饮酒。
> 鱼在在藻，有莘其尾。王在在镐，饮酒乐岂。
> 鱼在在藻，依于其蒲。王在在镐，有那其居。

这种观点认为这首诗中的君臣关系，是臣依君，犹如鱼依藻。王国维选择在鱼藻轩自尽，是感怀清皇室对他的知遇隆恩。这个是“殉清”之说的衍生，在我看来有些牵强。前言已道，王国维这是第一次也是最后一次走进颐和园，对园林景致建筑并不熟悉，他先走到长廊的尽头，看到不中不西的怪石舫，显然不满意，而他折返向回走，路过的第一个湖畔之轩就是鱼藻轩，这纯属偶然。他有可能抬头看到轩内光绪钤印的匾额“芳风咏时”，而不一定跑出轩外，再回首抬头看到此轩正南上方的题额“鱼藻轩”。或许，一支烟的工夫他甚至都没有搞清楚这轩子大号为何？其实，《小雅·鱼藻》吐槽的正是臣子的怨气：“言万物失其性”，君不像君，臣何以为臣？古人解释这是周幽王时的臣子对幽王的抱怨及对武王的思念。如果把王国维选择“鱼藻轩”自杀附会成是对避居天津张园的溥仪的思念和感恩，把溥仪喻为周武王，这绝非诗词大家王国维的水准。

选择鱼藻轩还因为这里是一个小码头，拾级而下即可，不用翻栏杆。

三、走不进静好世界的静安先生

王国维投水，怎么说都是突兀的。首先他是一个对学问事业积极勤奋的人，精进不辍并获得了极大的成就，是一代青年的人生励志导师。按理说，他应该已抵及豁达人生之境界，而“境界”又是他论著里被精妙通透论证的哲学与文学之课题。王国维认为，词以“境界”为最上。狭义地说，境界，乃文学表达里情感与景物的交织融会，能给读者以一定艺术高度的感受。广义地说，应阔达至人生与生命，是内心为感知世界之真谛、为求索生命的究竟而抵达的高度。而后人如我等，对学问才智的顶级人物王国维难免生出更高的期待。

王国维在 50 岁的人生经历中著述 62 种，批校的古籍逾 200 种。可以说他是站在中国三千年文化转折点上承前启后的关键人物，是中国近代最后一位重要的美学和文学思想家，被誉为“中国近三百年来学术的结束人，最近八十年来学术的开创者”。

用郭沫若语：“留给我们的是他知识的产物，那好像一座崔嵬的楼阁，在几千年的旧学城垒上，灿然放出了一段异样的光辉。”

他早年学习西学，第一个试图把西方美学、文学理论融于中国传统美学和文学理论中，构筑新的美学与文学理论体系。他既集中国古典美学和文学理论之大成，是大总结者、归纳者，又结合西学之方法开中国现代美学和文学理论研究先河，为中国美学和文学思想史的前行铺就一条道路，对后代学人影响深远。民国时期，梁启超、胡适甚至包括鲁迅对他的评价甚高，“不独为中国所有而为全世界之所有之学人”（梁启超语），“要谈国学，他才可以算一个研究国学的人物”（鲁迅语）。他不仅是中国历史、文学、美学之学术大家，也是世界学术史上的卓越丰碑，是当时公认的世界级学者。

他在为学的疆场纵横捭阖，快马扬鞭，收获了无与伦比的成果。到了 50 岁，他做完了应该做的一切。值得欣慰的是，他的重要成就——自选集《观堂集林》，在 1923 年由上海的蒋汝藻出版。这部被公认为中国学术史中的不朽之作诞生于他的有生之年，且作为 1924 年春节入宫谢赏时献给溥仪的礼物——黄绫裱《观堂集林》一部。其实，他希望在一个安逸静好、一成不变的世界进行自己的学术生活，而不要被乱世打扰。从这一点看，他就是个纯文人。

他的悲剧恰恰是他作为大学问家，完成了宏大的学问工程，开创构筑了崭新的研究方法与方向，但疾步至此便画上了句号。学问之外是他不喜欢的纷乱世界，是他迷茫无措的生命困惑。站在疾疴沉重的旧中国被打开一扇外向之门后的时代转折点上，世事巨变必然伴随相应的五味杂陈与各种波澜壮阔的动荡。但王国维很难对接此境并拒绝一个新时代的到来。

有人说他并非一个绝对守旧的人，早年他追求过新学，他在东洋 5 年，精通英语、德语与日语，西方世界的熏风浸透过他的身心，他较早地介绍西方哲学家及其哲学思想给国人，如他研究并介绍过康德、尼采、叔本华，也介绍过托尔斯泰及其作品。他有开阔的眼界，不是一个眼光狭窄的纯本土保守文人。但即便如此，他也只是把西洋知识当作知识而已，没有从内心深处接受新思潮，也不关心探索改变陈旧中国的新思想，因为构筑了他 50 年人生的精神基石有着强大的排他性，他对乱世出现的各种“看不惯”无包容之胸怀，他认为中国已“失道”，他所仰赖的文化精髓被摧毁被践踏。于是后世普遍认为他是殉了传统文化，殉了他认为是人生信仰基石的儒家构建的中国传统思想体系的大道。这也符合“经此世变，义无再辱”。

他只追求了新学之表，却迈不出大历史变迁下的新步伐。

四、哪根才是王国维的绝命稻草?

但“经此世变,义无再辱”,还是为自己赴死语焉不详的说辞。作为学问大家,王国维被大时局、大动荡的种种现象冲击,而无能为力,甚为沮丧,这是表层的“世变”。而前面提及弥漫于清华园及北京知识界的关于革命军在南方所为的传言,也真假莫辨。王国维之死深层次的诱因不可忽略其家庭生活的突发变故。

1926年,王国维遭遇老年丧子之痛,他非常钟爱的长子王潜明英华早逝。1926年9月,王潜明在上海突染伤寒,本已好转,但后又发作。王国维听闻,即赴上海,但其病已无救。王潜明的未亡人恰恰是罗振玉的爱女,两人都是二十几岁的韶华黑发,怎不令王、罗两位老人痛心?而有种说法是丧事期间,王国维的继妻潘夫人与长媳妇发生了一些不愉快的琐事,引起罗振玉不满,没有辞别,罗振玉就带着女儿回天津罗家去了,而且有“大归”的决绝。两位事业、生活之挚友,因儿女之事就此恩断义绝。罗振玉埋怨王国维对家人管理失度,使女儿受了委屈,而王国维几次将王潜明单位下发的抚恤金及额外资助等寄给罗家,都被退回。最终罗还是收了钱，但这对清高刚直且性格内向的王国维无疑是极大的侮蔑。

1927年2月15日，王国维至天津张园觐见溥仪并拜寿，罗振玉也到场了，但两人擦肩而过，甚至没有起码的礼仪寒暄之词。

王国维与罗振玉是上天安排的一段奇缘，如果没有这段奇缘，他们彼此都不可能成就各自的累累硕果，他们是彼此助力的。而客观上说，王国维受益于罗或者说得恩于罗更大。他们保持了28年的交往，其中的27年，王国维在家庭生计、职业安排上多次得到罗振玉的资助。不过也有人说，罗振玉的研究成果有部分是王国维报恩的奉献。

1898年正月，22岁的王国维从海宁乡间来到上海，抱着求学求真理的精神，进入当时的著名报纸《时务报》工作，但他的学识与抱负并未被报社负责人汪康年赏识。农历二月，他便进入离报社很近的罗振玉所办东文学社学习，自此，二人结下持续20余年的友情。王国维两次出国，第一次是罗振玉资助并有日本教师帮助，实现了他出国留学长见识的愿望，而后因生病，不到一年就回国了。回国后王国维的职业生计均为罗振玉帮忙引荐，比如他曾在罗的帮助下，任教于南通师范学校、江苏师范学堂等。另外，他在罗振玉办的《教育世界》发表了大量译作，继而成为该刊的主笔和代主编，通过这份刊物大量向国内介绍近代西方学人及其科学、哲学、教育学、美学、文学等领域的新知识，传播新思想。此时他主攻哲学，研究康德、叔本华、尼采等，并研究先秦诸子及宋代理学，他自称这一时期为“兼通世界之学术”之“独学”时期。30 岁以后，他转向文学。他向国人介绍俄罗斯文学家托尔斯泰及其作品《战争与和平》《安娜·卡列尼娜》《复活》等，介绍英国浪漫主义诗人拜伦，还研究莎士比亚、但丁、歌德等。同时，王国维还对美学、词学进行研究，投稿《国粹学报》的《人间词话》，以崭新的眼光对中国旧文学进行了评论。他还对中国戏曲史进行研究，撰有《曲录》等多部著作，为之后《宋元戏曲考》的完成奠定了基础。

1911 年辛亥革命，清廷解体，王国维跟随罗振玉第二次去日本，并滞留 5 年。这期间，王国维已是拖家带口，家累沉重，幸而又得到罗振玉的各种资助和帮忙，并且居住在罗振玉家隔壁，罗振玉“大云书库”中的图书资料任其使用，从而有了一份稳定的生活和良好的治学环境。两人交流心得，探讨学问。他自述此间“生活最为简单，而学问则变化滋甚。成书之多，为一生冠”。1916 年他不忍心再以全家生活拖累罗振玉，便接受在上海的犹太裔富商哈同之邀，编《学术丛编》杂志。这一阶段他将之前的重要研究成果汇总，编成《观堂集林》，以学问立身。

当然，在我们绝大多数普通人看来，一本《人间词话》之广泛流传至今，已实慰其心！

1921 年，北大方面邀请他讲学，并拟聘教授，被他拒绝。1922 年，他接受了教学工作，任北京大学研究所国学门通信导师，但不拿酬金。但生活毕竟是现实的，他向罗振玉请教，由罗振玉引荐至原陕甘总督、蒙古贵族多罗特·升允门下，他的学识受到升允赏识。1923 年春，紫禁城内的小朝廷自娱自乐，还要按旧制选海内硕学之士充实南书房，王国维正是经升允推荐，到紫禁城充任南书房行走，溥仪恩赏其五品衔，食五品俸，并传说是唯一能在紫禁城内骑马的人。按清代惯例，在南书房工作，大都应是进士、翰林以上饱学之士，王国维只是秀才出身，能与杨钟羲、景方昶、温肃三人同时入南书房工作，说明其才学受到极大肯定，读书之人将此看得很重。另外，虽然不参与政务，只是名义上侍学，但至少有机会觐见皇帝，这在有清一代士人中，以为荣光。至于他有没有给溥仪讲过学问、授过课，没见记载。他写过几个关于整理文物的奏折，并有幸得窥大内所藏，用了大量时间在景阳宫整理清室文物与藏书。

不管怎么说，20 多年来，罗振玉直接资助王国维，提供自己收藏的图书资料任其使用，直接或间接向王国维推荐谋生职位，堪称王国维的贵人，对成就王国维的学问一定是有贡献的。而且他们还结下儿女亲家，王国维的大儿子娶了罗振玉的女儿为妻。

如此牢固的友情大厦却轰然倾覆，而且是在王国维面临丧子之痛的时候。前文提及了他们因为子女之事翻脸，在 1927 年春天面对面而过却不发一语，这个打击对王国维来说是很大的。我相信他有对罗振玉的怨恨，但也必定有对这段情谊陨落的悲伤。

罗振玉在得知王国维的死讯后，也必定有过内心的挣扎，前言道，他上奏溥仪一份他伪造的所谓王国维的“遗折”。溥仪在《我的前半生》里记载：“王国维死后，社会上曾有一种关于国学大师殉清的传说，这其实是罗振玉做出的文章，而我在不知不觉中，成了这篇文章的合作者。过程是这样：罗振玉给张园送来了一份密封的所谓王国维的‘遗折’，我看了这篇充满了孤臣孽子情调的临终忠谏的文字，大受感动，和师傅们商议了一下，发了一道‘上谕’说，王国维‘孤忠耿耿，深堪恻悯，……加恩谥予忠悫，派贝子溥伒即日前往奠馔，赏给陀罗经被并洋二千元……’。”这就是罗振玉为王国维骗了个谥号，并为王的家属争取了 2000 元抚恤金的经过。

罗振玉虽然没有去北京参加王国维的葬礼，但他原先是想去的，王国维的子女也回忆说“罗老伯原来要来”云云。而且罗振玉在天津为王国维搞了隆重的公祭，宣传王国维的“完节”和“恩遇之隆，为振古所未有”，更在祭文里宣称自己将和亡人“九泉相见，谅亦匪遥”。公祭后，罗振玉旋即赴京，他拿着溥仪的“谕旨”，从清室领得2000元抚恤金，全数交给了王国维夫人，自己又另送上最高的葬礼礼金1000元。无论怎么说，从争取死后哀荣到对家属的实际抚恤安排上，罗振玉都做周全了，使罗王这段近30年的缘分有了一个较好的终结。接下来不到一年，他更是把王国维遗稿编撰成四集刊行于世，即王国维身后的第一部全集《海宁王忠悫公遗书》。从编订刻印之迅疾，可以见出罗振玉发自内心的诚挚，以及他的尽心竭力。

溥仪在《我的前半生》中加注了一段关于罗王恩怨的传言：“我在特赦后，听到一个传说，因已无印象，故附记于此，聊备参考。据说绍英曾托王国维替我卖一点字画，罗振玉知道了，从王手里要了去，说是他可以办。罗振玉卖完字画，把所得的款项（一千多元）作为王国维归还他的债款，全部扣下。王国维向他索要，他反而算起旧账，王国维还要补给他不足之数。王国维气愤已极，对绍英的催促无法答复，因此跳水自尽。据说王遗书上‘义无再辱’四字即指此而言。”

这段传言也是后世关于王国维之死因“逼债说”的滥觞，但关于钱财纠纷多是外人揣测，罗王两家人都没有提及。但从罗一路对王国维的资助及对其身后事的所为来看，若说为1000元债款逼死王国维，实在辱没两人人格。两人的裂隙还是源于儿女家庭之事。罗振玉并不隐讳他命其第四子罗福葆仿王国维的笔迹写下遗折的事。罗振玉的外孙刘蕙孙（《老残游记》作者刘鹗之孙）回忆说：“1929年我在旅顺，雪堂先生（即罗振玉）对我说起他和静安的友谊，最后说：‘他最后觉得对我不起，欲以一死报知己。我也觉得那件事不免粗暴，对他不起。但死者不能复生，只好为他弄个谥法。遗折是我替他做的。’”他反复说的“那件事”就是亲家反目。

我相信，一个人走上自杀之路更多是因为内心深处的个人性创痛。大义大道的信仰、自尊刚直的个性，多少会是一些促进因素，但个人的体验、个人的悲伤是更直接的导火索，而这很难为外界解读。

压垮王国维的最后一根稻草，来自他内心对人生与生命的消极体验。他4岁失母怙，性格沉郁，生命态度悲观。丧子之痛给了他致命一击，那是他的血脉、他的挚爱，而与罗振玉的恩断义绝更显示了人间情谊的虚无，令他绝望。

五、人生三境界与人生三层楼

在这里，我们有必要重温王国维著名的“人生三境界”说。此说并非广义的关于人生意义的思考，而是关于他一生的长项：如何做学问。他是做学问的导师，有指点具备学问慧根的学子之法力，但这法力并不一定广泛有效于生命之道。他在《人间词话》里这样阐述“三境界”：“古今之成大事业、大学问者，必经过三种之境界：‘昨夜西风凋碧树。独上高楼，望尽天涯路’，此第一境也。‘衣带渐宽终不悔，为伊消得人憔悴’，此第二境也。‘众里寻他千百度，回头蓦见，那人正在灯火阑珊处’，此第三境也。”这是清华导师王国维概括的为学之道：忍受求索之孤独寂寞，临高远眺，不为贫寒逆境而降低自己的格局；为求真理而不惜历经千辛万难，而独守孤寒不改初衷；勤奋砥砺，求索不辍，终将抵达真理的终点，得到一片大光明的自在天地。

此说不禁让人想起丰子恺的“人生三层楼”论。丰子恺说：“我以为人的生活，可以分作三层：一是物质生活，二是精神生活，三是灵魂生活。物质生活就是衣食。精神生活就是学术文艺。灵魂生活就是宗教。”我们大多数人，在第一层楼，锦衣玉食，尊荣富贵，孝子慈孙。

对学问艺术有兴趣，且有力气爬到上面玩玩的文人、知识分子在第二层楼。本质上，第二层楼的人与第一层楼的人也无太大区别。第三层楼探索灵魂，探索人生的究竟、生命的意义，不过碍于人生之短，能有此觉悟者便少之又少了。丰先生认为能上第三层楼的，唯他恩师弘一法师。哎，这是何等高格？

王国维在人生的第二层楼获得了极大的成就，但他走不出纷纷扰扰的世间苦闷。每读“人生三境界”，便会去想“那人正在灯火阑珊处”之后又如何？王国维在人生第二层楼遍览无限风光之后，是否堕入了不知所从的困惑？

我多么希望他寻到“那人”后，即使上不了丰子恺的第三层楼，也能获得更高阔的人生第四境界，看破人生本质，抵达无欲无求、随缘而生的自由世界。身体的自由尚可贵，心灵的自由更弥珍。但好可惜，王国维这样的异禀天才，戛然而止于鱼藻轩下的水面。

王国维的后代都没有被他培养成做学问之人。在乱世，他认定做学问苦（包括精神上的苦），谋生不易。他培养孩子去做专业人士，以一技之长立世生存。前面说到他早逝的长子王潜明在海关工作，是铁饭碗。而对于最秉承他学问慧根的次子王高明，他也不令其继续求学深造，而是让他中学毕业后去做一份邮局的工作，这种工作也是铁饭碗，有衣食保证。后来王高明做到了民国政府北京邮局的一个不低的负责职位，中华人民共和国成立后，他便作为旧政府公职人员被留用，在某个小邮局卖邮票。但他业余时间喜好研究词学，某种程度上继承了王国维的衣钵，且十分精通此道。他在 20 世纪 50 年代遭遇坎坷，先是被打成“特务”，后又被邮局系统定为不宣布的“右派”，强制离职，以致一家生活无着。幸而北京中华书局看重他的所长，聘其为“合同工”。到中华书局工作后，王高明先是为《全唐诗》审核标点，又为《全宋词》补充材料并审核全稿。全凭自学成才的他真是不负乃父盛名，才学浑厚扎实，凡是有关唐宋两代文学史料、宋词和宋人笔记方面的问题，他都可一一作答，被编辑部同事戏称为“宋朝人”。王高明本质上也是个书生，钻进学问，废寝忘食，平日就住在出版社里，晚上还读书写作不辍。他完成的《李清照集校注》，蜚声学术界，但最终，这个最得王国维学问禀赋的人也以自杀的方式悲惨下世。

2017 年 9 月 29 日初稿

10 月 7 日修改于万柳

颐和园：乾隆造塔

一

因为住得近，颐和园是我造访次数最多的皇家园林。我的中学时代，因为学校紧邻这里，也多次组织学生来此“学农劳动”。我们在西堤外湖之畔种过大片的中药田，当然我们只管播种，最后长没长出药材便不得而知。

我自小便在这大园子里乱跑瞎玩，把它富丽堂皇的建筑、借景造园的巧妙当作了寻常，直到某一天，我在一片隐秘的树林中发现多宝琉璃塔，它高大挺拔，光彩耀人，让我不禁驻足端详。时值正午阳光沐浴塔身，五色琉璃炫人眼目，风过铃响，天地澄明，真似塔落幽谷，清新脱俗。

塔是旧塔，乾隆年造，但琉璃砖令其保鲜了200多年，沧桑掩不住惊艳。这偶然一瞥，激发了我对乾隆皇帝造琉璃塔的好奇心。

塔，并非中国古代自创的一种建筑类型，它缘起于佛教，是供奉或收藏佛骨、佛像、佛经、僧人遗体等的高耸型点式建筑，称为“佛塔”。因为佛教在亚洲的广泛传播，亚洲各国均有各种形制的佛塔，并依怙于佛寺或陵墓。

据《魏书·释老志》记载，汉明帝时佛教传入中国，于洛阳西门外建了中国第一座佛寺，白马寺。明帝死后，葬于城西北的显节陵，内建一印度式塔，这是中国典籍中记载的最早佛塔。到14世纪之后，塔，便世俗化了。尤其近当代，出现了各种高耸点式建筑，它们用于观光、作为地标、用于通讯，譬如东方明珠广播电视塔等等，都不再具有传统意义上的“塔”的内涵。

我们行迹各地，但凡看到古塔，就是佛塔，不用迟疑，而且定是为供奉佛陀、佛经、高僧大德、佛教寺院而建。它有纪念碑的寓意，是强调佛法的具象。

佛塔以砖、木、石等材质居多，一般不受等级限制，民间寺院、敕建寺院均可建造。但有一种造塔材质——琉璃砖瓦，为皇室专控，民间鲜有。

首先，琉璃砖瓦的烧制成本非常高昂。它以优质黏土为原料，烧制的具体操作是，将形塑好的土坯入窑，温度控制在1100—1200摄氏度之间，烧七日，冷透之后涂上釉料，第二次入窑，温度保持在800—900摄氏度，再烧炼三日。这个过程中，在温度的掌控、窑口的特质、窑工的经验等方面，都存在可能影响成品质量的偶然因素。所以，废品、次品也相当多，再有经验的窑工技师也拿不准这一窑下去会烧出来什么样子的砖，窑窑出废砖的情况也是有的。从成本上说，民间烧不起琉璃砖瓦。

再者，就算商户大贾豁出去了砸钱烧，但皇室认为你不配。这些金光闪耀的上等建材，只配天子王公享用。《大清会典》规定，非皇家特许，普通大臣和百姓绝不能使用琉璃。只有皇宫及其苑囿，最多恩及亲王府，才可以使用琉璃瓦。帝王宫殿、陵庙，如故宫、明十三陵等，才可以施黄琉璃瓦；王府，被恩准可以使用绿琉璃瓦。

紫禁城东侧太庙里的享殿，有东西配殿两座，规格大小一致。东配殿供奉有功皇族的神位，西配殿供奉有功大臣的神位。但供奉亲王的燎炉是彩色琉璃烧制的，有功大臣这边只能享用不上色的素坯燎炉。也就是说，非皇亲国戚，多大功劳也享用不到琉璃瓦。

在颜色分配上，清朝还有这样的规制：青琉璃瓦，用于祭祀建筑，如天坛祈年殿，屋顶铺纯青琉璃瓦，象征青天。黑琉璃瓦、紫琉璃瓦等多用于帝王园林中的亭台楼榭。

对美物有着奇特爱好的乾隆皇帝要挑战琉璃瓦的烧制工艺，他要造五色斑斓琉璃塔。他摒弃了黑色，增加了蓝色和紫色，以黄绿青蓝紫交错镶嵌，绚丽辉映。这不仅发自其对佛法的崇敬之心，更意欲在建造艺术上拓展出精美极致的新境界，他要造出前无古人的最美佛塔。

二

乾隆皇帝一生共建造了六尊琉璃佛塔，实为三对姐妹塔。我的判断是，每次烧砖一定物耗极大，索性一次多出一些砖瓦，好事成双，建造出一对佛塔更为完美。乾隆皇帝大约是这样的心思。

一开始，乾隆皇帝雄心勃勃，他建造了两尊超过 20 米高的琉璃塔。一座置于圆明园东侧长春园的法慧寺之内，另一座置于北海北岸的大西天，即西天梵境。这是乾隆十年（1745）的事情。但不知什么原因，北海琉璃塔很快就塌毁了，不排除设计施工中发生了什么状况。

法慧寺那尊倒是立得稳当，一直挺过了 1860 年英法联军劫掠圆明园。那次火烧劫掠中，砖木建筑成残垣瓦砾者众，但琉璃塔有不怕火烧的特质，拆毁亦不易，得以躲过一劫。在 1877 年的照片里，虽然周边已是残寺凄凉，塔却依然亭亭玉立，只是塔身雕饰有些损坏。

后来，在缺失管理的情况下，幸存的琉璃塔被各种盗贼敲砖揭瓦，抠取塔身佛像及配饰，蚕食到1900年，终于饱经蹂躏，轰然毁塌。今天，这尊六塔中之最高者，只在寥寥几张照片中留下了庄严华丽的尊容。

大西天琉璃塔的失败，令乾隆建造第二对琉璃塔时更为谨慎，他降低了塔的高度。这一对琉璃塔，高度均在16米左右，今天依然秀丽挺拔，立于山林间。它们分别是清漪园（今颐和园）花承阁多宝琉璃塔，及静明园（今玉泉山）圣缘寺琉璃塔，建于乾隆十六年（1751）。

今天，众人可以在颐和园万寿山北山，尽览多宝琉璃塔的尊容。而不对外开放的玉泉山，因为近百年来树木已高大繁密，使得琉璃塔深藏不露，没有特殊机缘，普通人无缘得见。这一对姐妹塔，几乎同时建造，用的是同期出窑的砖瓦，甚至可能是同一批工匠，外观制式几乎一致，所以有今天颐和园的琉璃塔即可大略其详。

花承阁多宝琉璃塔位于万寿山北麓山坳里突出来的一块舌状平地上，这里原有一组庭院和佛寺的混合建筑群，由莲座盘云佛殿、多宝琉璃塔、花承阁及六兼斋组成。这组建筑是乾隆为母亲庆祝六十大寿而建，设计精美，用心良苦，为皇太后的健康长寿祈福。1860年，此地亦遭英法联军焚毁，唯存琉璃塔，因为不怕火烧。

后来慈禧太后复建颐和园时，因财力不济，重点恢复前山建筑，后山的遗址大多荒废着，没有恢复，直至今天。如今，在后山草木葱茏深处寻古探幽的访客，看到琉璃塔沐浴在晴空朗日下，五色琉璃斑斓闪烁，无不啧啧称奇，为它跨越近300年时间的恒常美丽而折服。

在研究佛塔的学者眼中，多宝琉璃塔是北京现存造型最为优美、内容最为丰富的佛塔，是珍品中的极品。

乾隆的《御制万寿山多宝佛塔颂》里对塔有精练描述：

> 万寿山阴花承阁西，五色琉璃合成宝塔，八面七层，高五丈余，黄碧彩翠，错落相间。飞檐宝铎，层层周缀。榱桼户牖，不施寸木。黄金为顶，玉石为台。千佛瑞相，一一具足。坐莲花座，现宝塔中。轮相庄严，凌虚标胜。

佛塔形制为楼阁式与密檐式相结合，塔身为不等边八角形，上下共7级，通高16米。全部镶嵌黄绿青蓝紫五色琉璃砖，所谓“不施寸木”，这也是它不怕火烧的缘由。“黄金为顶”是指塔刹为全铜制造，并镀金。塔身一三五层为楼阁式，东南西北各有拱券形佛龛，放置结跏趺坐琉璃佛像，周边遍布小佛龛，均置坐佛，共计 580 尊，这便是“千佛瑞相，一一具足”。所有檐角下挂着铜铃，随风叮咚作响，仿佛法音微妙。

根据《妙法莲华经 · 见宝塔品》所载，多宝佛为东方宝净世界的教主，往昔行菩萨道时，立誓在成佛灭度之后，凡十方世界有宣说《法华经》之处，必自地涌现于前，以证明此经的真义。万寿山多宝佛塔即安置多宝如来之塔，在《法华经》盛行中土之后，便是造塔因缘。

三

最后一对琉璃塔建造于乾隆四十五年（1780）。这时的乾隆已近七旬老人，仍壮心不已，不改好大喜功、挥霍物力之情怀。

这一年恰逢他的七十寿诞，将有一系列庆典活动。除了蒙古诸部王公、扈从大臣及外国使节前往祝寿，六世班禅额尔德尼的主动朝觐尤为亮眼。乾隆皇帝为了嘉勉班禅远道前来拜寿，特仿照西藏扎什伦布寺为六世班禅建造了两座恢弘的寺院，一座在热河（今承德），为须弥福寿之庙，另一座在京城静宜园（今香山），为宗镜大昭之庙，一般称“昭庙”。

两座寺院各配置一尊琉璃塔以示隆重，在当年规格不同凡响。两尊宝塔几乎别无二致，七层八角，塔基都是建在一座用花岗岩砌成的四方台基上，上方须弥座为八角形坡状屋顶，甚为独特。屋顶下有柱子支撑，里面为一圈回廊，屋顶正中便是塔台，而塔台周边又是一圈汉白玉雕刻护栏，维护着中间的阁楼式琉璃塔。

1860 年英法联军入侵静宜园时，昭庙遭到焚毁，唯独琉璃塔得以保留。从一张老照片里，我们可以看到当年被烧掉木结构的八角形坡状屋顶后，琉璃塔很突兀地矗立在花岗岩台基上。所幸，热河须弥福寿之庙没有遭到破坏。它为昭庙的姊妹版，无论庙宇部分还是琉璃塔，两者几乎一模一样，故而北京昭庙修复几乎无须查找皇室建造档案了。

昭庙于近年修复开放，而琉璃塔只需修复须弥座部分。两座琉璃佛塔非常幸运地存世至今。

当年六世班禅历时一年多的跋涉（1779 年 6 月至 1780 年 7 月），终于从青藏高原来到内地。他首访热河，居住须弥福寿之庙，乾隆向他颁敕了一枚银印。银印用汉、满、藏、蒙 4 种文字镌刻，文字是“敕封班禅额尔德尼之宝”，这是清朝给班禅唯一称宝的印章。再至京城，又在昭庙住过一段时间，并受到皇帝的亲切款待。万般不幸的是，当年 11 月六世班禅大师罹患天花，于西黄寺内圆寂。

如今，北京与承德的两座庙宇、两座琉璃塔，成为内地信众纪念六世班禅大师的标志。

乾隆皇帝是有着艺术大气魄的人。他迷恋诗书字画、珍玩器物，同时有足够的魄力构建庞大的山水园林。虽然这些园林仅为皇家享用，但在建筑与园林建造史上的辉煌成就是令人称道的。大气魄大格局是一个庞大帝国必须具备的气质。

虽然乾隆也为自己耗费巨大物力表现出一些愧疚姿态，如他不在清漪园过夜，以提醒自己靡费的过失，但这无非是做给臣子、天下看看而已，内心不知为这些巧夺天工的营造得意成什么样呢。他造琉璃塔，就是想建造一种永世恒存的标志，让他的辉煌建造业绩与佛法共存，永不灭失。无论发心如何，有一点是肯定的，他的确给后人留下了一笔不菲的文物财富。

2017 年 11 月 29 日

于万柳

清华轩：一方珍贵的卧碑

人往往为某些细节引发好奇心，进而探索真相。我在研究颐和园山后某个村庄的村庄志时，发现清末民国期间那里有一个闻名乡里的炸糕摊档，主人本名李振铎，外号“炸糕李”。他制作的炸糕香糯甜软，名声传到颐和园墙内，据说慈禧品尝后给予好评，准御膳房发他“腰牌”（通行证）一块，凭此进入颐和园现场制作炸糕，供给包括慈禧在内的住客享用。说是他的炸糕摊子放在清华轩前的小石桥上，但经我实地考察，清华轩前并无甚小石桥，而门前有小桥的是距离清华轩甚远的养云轩，且这个位置离皇室及大批侍从的住地位置颇近，他置放摊子于此更为合理。

清华轩院子里面倒是有石桥，但它是封闭的四合院，“炸糕李”是不可能进入的。而清华轩里面不仅有石桥，还有一个小小的圆湖，附属于后院的东跨院还有一方巨大的石制卧碑，这三样是乾隆清漪园时期留下来的文物，算是珍贵。1860 年英法联军劫掠清漪园时，石桥、石头卧碑不怕火烧，砸毁亦是费劲也没啥价值，故得以保留下来。细算起来，我们今天看到的颐和园基本为光绪年间重建，历史也就过去 130 年，而其前身——乾隆所建清漪园时期的文物已寥若晨星了。

中华人民共和国成立初期，周恩来曾短暂居住清华轩。他敏锐地注意到东跨院的卧碑，颇具历史文化修养的他意识到乾隆时期碑文所载内容非同寻常，便指示园方一定多加保护。今天我们看到的卧碑，有碑亭罩护，一定程度上减缓了岁月风化侵蚀。它是整个颐和园体量最大、镌刻碑文内容最为丰富的乾隆石刻碑，文物价值及历史考据价值皆珍贵。

乾隆建造清漪园时，其核心建筑是位于万寿山南麓中轴线起点的“大报恩延寿寺”。这是他为母亲崇庆皇太后六十寿辰敬建的，时为乾隆十六年（1751）。这座辉煌的寺院从山下一直建到山顶，共五进，最高点即为佛香阁与智慧海，历时数年完工。后乾隆看到寺院西侧还有空地一方，便建起了与寺院相配套的罗汉堂，供奉五百罗汉。五百罗汉的样貌仿杭州西湖云林寺、净慈寺内罗汉的样子，香面彩塑而成。罗汉高度从 30 厘米至

50 厘米不等。罗汉堂东、南、西开三座门，南门“华严真谛”，东门“生欢喜心”，西门“法界清澄”。1860 年，英法联军焚毁了大报恩延寿寺，罗汉堂也被付之一炬。慈禧太后重修颐和园时，只修复了佛香阁，而将原大报恩延寿寺的下半部分改建成了今天的山前主建筑——排云殿，在罗汉堂旧址上建起了今日的清华轩。

清华轩为二进式四合院，大门为垂花门，前檐为实塌门，后檐为四屏门。进入垂花门，两侧各为八间的抄手游廊，分别与前院东西配殿相连接。

进入垂花门，正对着的是小湖，按佛教上的说法叫八角功德池，上跨单孔接引桥，池水代表佛教里的“八功德水”。走过接引桥，正对着的建筑就是清华轩主殿，面阔五开间，前后出廊，有时公园管理方会在此展出颐和园老照片，供游客参观，但并不定时，这也是清华轩时而开放、时而不开放的原因。两侧各有两间耳房；东西配殿均为五开间，前出廊，并各有十四间游廊与清华轩主殿及后院配殿相通。一般来说，即使颐和园管理者开放清华轩，也只是开放前院。

后院较前院稍小，正殿为五开间，前出廊，两侧分别有两间耳房。有东西配殿三开间，前出廊，配殿北侧均有三间拐角廊与正殿相通。

除却前后两进院落，后院还带着一个小型的东跨院，其中北房三间，房前即是三开间碑亭，坐西朝东，亭内即是卧碑，四面均有碑文。

前言已述，在慈禧时期，原来罗汉堂里的卧碑成了清华轩里的“前朝”文物。虽说是石制，但当年周边建筑均为木质结构，烈火熊熊，卧碑一米厚的碑帽经大火炙烤，全都炸裂，上面的雷纹图案残损并部分消失，但好在卧碑其他部分损失不大，算是保存尚好。此碑形制庞大，用的是产自京郊房山大石窝的艾叶青石，长方形，高 2.09 米，厚 1 米，宽 2.21 米，东西向坐落，碑下束腰长方形须弥座高 0.77 米。碑身四面阴刻乾隆帝御笔，西面为与佛教相关的《万寿山五百罗汉堂记》，东、南、北三面则为炫耀平定新疆准噶尔部大捷的诗与文，东面为《西师诗》，南面为《平定准噶尔勒铭伊犁之碑记》，北面为《平定准噶尔后勒铭伊犁之碑记》。而这四面“文章”的镌刻日期亦排列有序。

最初，这方卧碑就是纯粹为配合罗汉堂而置的。《万寿山五百罗汉堂记》全文 5000 余字，分总论和十个分论，讲述了乾隆建造罗汉堂的缘起：在乾隆辛未年其南巡至浙江，看到云林、净慈等寺院皆设有罗汉堂，回京后便也造罗汉堂并依据佛经所载，将园内景致命名为祇树园、狮子窟、须夜摩洞、摩偷地、兜率陀、功德池、旃檀林等境界。落款处，记本文作于乾隆丙子，即乾隆二十一年（1756）夏六月。“五百相好成已久矣”，五百罗汉像早已做成并安放，相关部门奏请皇帝御制文章勒石以记，乾隆于该年六月作文，转年即乾隆二十二年（1757）夏天，刻碑完工。

但是，一个非常诡异的现象是，《万寿山五百罗汉堂记》并不是最早镌刻在卧碑上的。最早镌刻的碑文是卧碑南面的《平定准噶尔勒铭伊犁之碑记》，刻于乾隆二十年（1755），早于五百罗汉堂碑文两年，这是很奇怪的现象。其实，为庆祝大清帝国剿灭准噶尔部，在平叛当年即乾隆二十年夏天，乾隆在热河避暑山庄为笼络没有参与叛变的蒙古厄鲁特四部的上层贵族，大行赏赐封官，并下谕旨修建普宁寺以示纪念，两年后寺院建好，也分别树立勒刻《平定准噶尔勒铭伊犁之碑记》《平定准噶尔后勒铭伊犁之碑记》的纪念碑，两碑文内容与清漪园罗汉堂内两碑完全一致。

《平定准噶尔勒铭伊犁之碑记》在普宁寺还没有建好的情况下就镌刻于清华轩卧碑上，这也太急了吧，这个现象说明什么？说明乾隆皇帝对第一次平定准噶尔之役取得的胜利欣喜若狂，等不及普宁寺建寺立碑，当即便将碑文内容镌刻到了已放置于罗汉堂的那方“处女”卧碑上了。这是其任性和好大喜功性格的彰显。他急不可耐地要向天下宣告他西征叛变部落、开疆扩土的丰功伟绩。这的确也是乾隆皇帝一生中最重要的功绩之一。所以,《万寿山五百罗汉堂记》反而被喧宾夺主，在时间排位上列到第二位。

但是，且慢，这厢热火朝天的庆功活动还泛着余温，原已降服的准噶尔部却再生变数。乾隆二十二年，另一准部首领阿睦尔撒纳勾结沙俄再次叛乱，乾隆派兵西征，再次平定准部。据说阿睦尔撒纳逃亡俄国时只剩下 8 人跟随，很快便病死了，可见乾隆帝此次镇压的凶狠。于是，继《平定准噶尔勒铭伊犁之碑记》后，乾隆在这一年再作《平定准噶尔后勒铭伊犁之碑记》及《西师诗》。《西师诗》是讴歌乾隆平定新疆叛乱的征战史诗。这些文字是后人了解清朝满蒙关系以及中国在西部开疆扩土、确立疆域的一手资料。

从碑文中的一些刻字可以看出乾隆对准噶尔回部暴怒不已。“回”字加上偏旁“犭”，变为“洄”字，他以造字的方式表达对叛逆部落的鄙夷。碑文也显示了他对准噶尔部残酷的毁灭性镇压：有些部落男人全被杀戮，女人被充军营，致使“伊犁延袤万里寂如无人之域也”。

两篇平定准噶尔叛乱的铭记均在热河外八庙之普宁寺建成（1757）后刻碑，时间上晚于清漪园罗汉堂刻碑。而乾隆御书 2546 字的《西师诗》，唯独清华轩卧碑上有，弥足珍贵。

慈禧再建颐和园时，佛教建筑罗汉堂转变成了一套四合院落清华轩，其罗汉塑像踪迹全无，只留下一面与佛教相关的石刻碑文，这倒使清华轩有别于其他建筑，成了记载历史史料之所在。

据说慈禧太后曾经想把自己的寝宫设在排云殿，所以起初罗汉堂改成具有居住功能的四合院是为了配合她的起居之用，但她只在排云殿住过一夜，因噩梦连连，很不安稳，便对这座曾经的佛寺敬而远之。她的寝宫于是一直在乐寿堂，其身边侍从也是围绕乐寿堂而居，如李莲英住在乐寿堂东跨院的“永寿斋”，乐寿堂西侧的养云轩，供那些随行的嫔妃、格格、命妇，甚至宫廷女官如缪嘉蕙等人居住。而清华轩因排云殿不是寝宫而没什么实际用处，便空置下来。

民国期间，颐和园向市民开放，但票价很贵，要一块多大洋。一块大洋在当年能买 60 斤大米了，所以能来游览的都是北平的中上阶层，普通百姓难得近览园林景色。园方为了拓宽经营范围，便出租园内房产补贴收入。自 1937 年卢沟桥事变北平被日本人侵占后，袁世凯长子袁克定便入住清华轩，直至 1949 年春天离去。

袁世凯死后是由袁克定主持分配遗产的，据说，他得的最多，除了均分的财产，还独占了袁世凯在法国银行的存款。但禁不住他挥霍奢侈，坐吃山空，只出不进，财产渐渐散失。到 1949 年 3 月颐和园被接收，要请他出园子的时候，他已经付不起拖欠的租金，只得用文物做抵押。虽说后来落魄了，但他没亏着自己，他进园子时带着厨子、私人医生，身处皇家苑囿，享受了 12 年中国顶级园林里的风花雪月、清幽绮丽。清华轩背靠万寿山，前揽昆明湖，青山碧水之间，袁大公子过了好长时间的神仙日子，他在颐和园享受的时间几乎快追上慈禧太后了，真是不屈。

离开清华轩时袁克定已年过七旬，老、贫、病，只剩下原配夫人和一个老用人跟着，他的表亲张伯驹便收留他住进承泽园张家花园。后来张家也是几次搬家易房，1952 年，张伯驹把承泽园的房子卖给了前来接收燕京大学校园房产的北京大学，搬到海淀镇里一处有花园的占地 30 亩的宅子去住，没住多久，此处又卖给了傅作义做宅邸。此后，一直跟着张家搬家的袁克定才与张家分手，张伯驹搬到后海住，另外给袁克定在西城买了一处房产，继续接济他的生活，但没过两年袁克定便过世了。总之，袁克定的晚年承蒙张家照顾，并由张家养老送终。

1949 年 3 月，北平城还是乍暖还寒的日子，在颐和园里赁住12年的袁大公子终于被请走，他甚至可能没有来得及看到园子里正在苏醒的春色。

2018年4月21日

于万柳

大有庄：夹在皇家苑囿间

在京城，大有庄算是个神奇的村庄。历史上，它曾夹在皇家苑囿之间，东面有圆明园，南接颐和园北墙，东南角对着另一座皇室赐园——自得园（现为中共中央党校南院），中华人民共和国成立后，它北接中共中央党校。其建村历史始于明朝，从几户看坟种地的穷人家，发展成今天的千户村庄，有数千人居住。几百年来，白驹过隙，炊烟香火，饮食男女，形形色色人生百态。它跟随北京变迁起伏，虽说村庄面积被再三挤压，但人户却不断膨胀壮大。今天的大有庄，各色外来人口引得家家各显神通以求利益，加建房见缝插针，层叠攀援，各种电杆缆线横空飞渡，外墙草草抹灰，斑驳粗陋，总之一派缺失规则散乱杂沓之相。所有房产主都是穷尽最后一平方米加建、塞建，只为一件事——出租利益的最大化。空间拥挤逼仄，水电气超负荷运转，使大有庄成为典型的“城中村”。相当多的原住民靠“瓦片经济”坐享加建房的租金收益，消费祖辈积下的福荫。

大有庄只有一条通行汽车的主路——大有庄路，前几年刚刚拓宽。在拓宽的过程中，这边刚把柏油铺上，无处停放的车辆瞬间就把道路两侧停占得严严实实。而这条路也是通往党校主校区的两条道路之一，虽然拓宽，但很快就成了“肠梗阻”不时发作的道路，对向的车辆经常要依次错车才得通过。这让党校里的人及往来办事的访客很苦恼。

大有庄将被拆迁的传闻已有十余年，尤其是中央党校的人常常陷入美妙的幻想与期待：拆掉这个陈杂乱离的老村，将其夷为平地，然后，从党校穿过一片片阳光下绿色光芒闪耀的草地，直接抵达皇家御园——颐和园。但如何安置这上千户的村庄人口一定是让政府头疼不已的事情，安置补偿一定是天价。据说海淀区政府早早就把“三山五园”周边地区环境整治列入日程，大有庄迟早要被整体搬迁，“三山五园”地区的环境面貌将得到彻底改观，历史风貌将得到恢复。

这么说，我们终将失去这座有着300多年历史的村庄。失去是必然，万千事物都是有始有终，倒也不必平添怨愁，只希望村庄的终局能令村民欢喜：喜得百万、千万现金补偿，喜得N套宽敞明亮的大楼房。这将是古老村庄粉身碎骨之前给居者最丰厚的馈报。故而，我们有必要以温暖的情绪清理这即将壮烈而逝的村庄的历史。为故人开追思会时，想到的都是故人曾经留给世人的欢乐、故人的好处与其趣闻糗事。村庄也是。请牢记大有庄挺立于最后一刻的骄傲，把它印记在心里，让它托于文字，得以永生。

对大有庄古村样貌还有记忆的人，也就是见过它变成城中村之前样貌的人，年轻者也已年过半百，因为这已经是三四十年前的事情了。拆迁的传闻十余年来时紧时松，但古村至今巍然屹立。尽管如此，它已被利益驱使得陷入不断膨胀的失控状态，迟早会像个充气过量的气球，嘭一声炸了，爆出各种不可预料的尴尬碎片。但是，于我看它，心情却是复杂的。我在村北相接的中央党校的院子里长大，在我与外部世界各种往来之间，这个村子是必经之路，它成了我人生的某种见证人。我们彼此相看不厌，在我眼中它是有生命力的、活泼的村庄，即使年华老去。走在这里的街巷之内，我总有种不一样的感觉：300年来各种生生灭灭，青春、美貌、凡情纠葛、老病凋零，虽杂乱但还尽力保持着干净整洁。道路弯曲狭窄，静悄悄延伸到某个神秘拐弯处，流露出岁月沉淀的幽美，仿佛岁月在这里睡觉。虽然房屋被各种翻建，臃肿丑陋，但街巷还是那古老的数尺街巷，只通行单车、行人，没有大路的杂乱，道路格局300年来没有变化。

一、何以得来大有庄

大有庄从何而来？村子原有乾隆丙戌年间的村名碑一方，上书“大有庄”斗大三字，嵌于村口关帝庙外墙上。当然，“乾隆碑”并不意味着村民是乾隆朝时因某种因缘而聚落此地生息繁衍的，这里的人间炊烟应在更早的时候点燃。据说从圆明园西墙到颐和园北墙，早期大约有8户人家，主要生计是为城里有钱人家看守家族坟地。人穷就不怕闹鬼，在荒野之中，看看坟，种种地，被人称作“穷八家”村。

关于如何获得“大有庄”之大号，有两种传说，大概都是村民想沾光皇家而杜撰的。一种说某日老佛爷慈禧站在颐和园后山看到墙外有这么个人来人往的村子（不止8户人家了），便问旁人：“这村子叫什么名字啊？”旁人马上跟进：“叫穷八家，都是做买卖的，还有给皇家园子当差的。”“朗朗乾坤叫什么不好，叫穷八家。说说都做什么买卖？”“有卖炸糕的，有牛羊肉铺子、茶点铺子、粮油号，还有手艺人、匠人。”“那不挺全乎，什么都有吗？以后就叫‘大有庄’吧。”这就是“慈禧命名说”，但这个传说被一块石碑消解了。

2003 年，中央党校文史教研室的两位副教授在大有庄十字街街角一家杂货店发现了一块刻有“大有庄”字迹的石碑，准确地说，是石碑的右半部分，也是大半部分。当时它压在一堆蜂窝煤的下面做垫石，户主很热情，主动把蜂窝煤搬开，把石碑交给了学者。两位副教授又多方打听，在一位李姓大爷家找到了石碑的左半部分。当时李大爷家要拆迁，正无法处置这块残碑，嘴上说着“很珍贵的”，还是无偿送给了党校。两块分离的残石终于相认，拼出一整块石碑。中央党校出手保护石碑是因为其占着大有庄 100 号的地址，也算大有庄一份子吧，所以赶紧把破碎的残碑修复好，摆到“校史展览馆”内好生保护，以防风吹日晒加快风化。这两块碑石拼在一起，虽然不再严丝合缝，但遒劲有力的“大有庄”三字、落款“岁在丙戌”，历经岁月磨洗更是沧桑而令人震撼。这就是乾隆年间正式立村名时留下的刻石。

既然石碑上有乾隆字样，另一个故事就冒出来了。说是乾隆皇帝在赏阅《西郊胜景图》时，看到有“穷八家”的村名标注不甚满意，风景如画的皇家苑囿邻着穷鬼村肯定煞风景，于是在丙戌年（1766）大笔一挥“大有庄”，御笔生辉，这庄子算是得着了！但细看残碑上的“大有庄”三字，如果系御题，明显经不起推敲，一是书法水平太一般，二是如果真是乾隆亲笔，绝非随便小事，皇帝金笔字字玑珠，必有“乾隆御笔之宝”之类钤印，搞不好还有代笔的碑文呢。位尊御宇的乾隆爷为一个小村子费笔墨，想想完全不可能。

幸好在国家图书馆金石类拓片档案里有当时立碑的拓本，内容如下：

碑额：万古流芳。

碑阳：大有庄，乾隆岁在丙戌，夏月谷旦立。

碑阴：关帝庙住持僧实禧。商铺张定住、王明、刘永禄、吴自明、刘德、彭德贵、张亮、何旺、赵景云、刘天禧、□达、彭清英、崔福增、高□卢、张宗先、天德号梅□初、合盛号陈善、永盛号乔腾云、大成号刘德、大有号濮世弘。

（以上对照实物依稀可辨，□为无法辨识的字。）

拓片内容实为简陋，并无缘由说明，只是说在乾隆丙戌年夏天某个良辰吉日，村里几个有头面的人物商议，好歹给村名树个标牌。也找不到什么读书文化人搞个碑文，颂赞一番，只是将村里这些有头脸的人物大名镌刻在石碑上，还请关帝庙当家住持实禧师父出面主持，然后共同出资，买了一方汉白玉大理石，刻好后直接嵌在关帝庙的外墙上。我猜“大有号”商铺的濮世弘老板出的钱更多些，或者他是一个更有信服力的人，虽然他谦逊地把自己的名字放在了最后，但村名与他家商号一样，也算一份光荣。后世想沾沾皇荫的想法可以理解，但皇帝、太后没那么多兴致给一个村子起名字，且这个村子似乎找个秀才贡生要耍文墨也不容易，连个村志都没有。石碑上的大字说不定是实禧师父写的。

但官方关于大有庄的正式记载还要早于“乾隆丙戌”，《日下旧闻考》记载：“乾隆五年（1740），增设驾车骡马一厩，圆明园大有庄驽马一厩，”这是大有庄首次见于文献记载。也就是说在民间立碑20余年前，官方已称此地为圆明园附属之地，并设置马厩。

但我还要说，乾隆五年也不是大有庄正式命名之始。比乾隆五年更早的，是一位王爷的诗文记载，这位王爷就是康熙皇帝第十七子果亲王允礼。允礼在诗文中提及，“大有庄”一名早在雍正年间即已存在。

二、与果亲王结缘的村庄

虽然大有庄搭不上乾隆慈禧这样的朝廷正主儿，但与王爷贝勒还是结下过些许缘分的。

《甄嬛传》里英俊潇洒、玉树临风的果郡王怎么也能算是男二号吧，如果不论诗才，多情女粉丝会不会由他联想到纳兰性德？电视剧里的果郡王即是被架空的果亲王，但多少还有点影子。

允礼曾经是果郡王，后来升为亲王，乾隆元年更是“永赐与亲王双俸……”。而且，果亲王文采不俗，留有文集《春和堂诗集》《静远斋诗集》《奉使纪行诗集》。果亲王的在天之灵大概永远不能明白，一生老实忠厚的他怎么被21世纪的电视编剧盯上了，借着他的名号塑造出了一风流倜傥的多情小生，与兄长的后宫甄嬛搞出一场惊天之恋？

真实的果亲王允礼与《甄嬛传》中的果郡王可以说是南辕北辙的两类人，他与所谓甄嬛的原型——乾隆母亲钮祜禄氏估计没有任何交集。钮祜禄氏一直地位比较低，在雍亲王府时虽然生下弘历这么优秀的皇孙，但并不得宠，只是藩邸格格。长相是方盘大脸、身高体健的东北女人类型，康熙召见她后称她“有福相”。这与甄嬛娘娘的形象差得有点远。到了雍正御宇之后，她也只是母凭子贵，封了个熹妃，直到年贵妃、皇后都过世之后才算在后宫中有了一定地位。关于她的位分，《清史稿》里在雍正八年有“钮祜禄贵妃”之记录，但没有一手证据，且后世史学家都没有在皇室册封记录中找到相关的档案。册封贵妃是极为隆重的，按照清朝礼制，皇后下只可设两位贵妃。如果钮祜禄氏有册封，不可能没有相关档案，但真的就是找不到册文和册封礼的记录，这的确是蹊跷之事。乾隆时期她升为崇庆皇太后，据说是从熹贵妃名分晋升的，但在宫廷没有册封贵妃记录的情况下，熹贵妃头衔很可能是乾隆为抬高自己母亲地位而另加上的。所以，一位是地位长期不高，仅“有福相”的笃信佛教的后宫女人，另一位是被雍正称为“实心为国”“尽心竭力”“操守亦甚清廉”的果亲王，都属于忠厚老实人一类，编剧把这么两位不搭界的人捏到一块儿，也真是一件很欢乐的事情。

不过《甄嬛传》里果郡王的英俊倒是与果亲王相符。从允礼留下的画像看，他长相似康熙，但更清秀、安静。在康熙时代，他是默默无闻的皇子，虽然 9 岁就随康熙出塞外，但一直连个贝子封号都没有，而康熙不乏优秀儿子，所以老实本分的他一直未被重视。他与四哥，即后来的雍正皇帝的关系也一直不算密切，因为他比雍正小 19 岁，岁数差得太多，根本攀缘不上，算不上“四爷党”。但他和“四爷党”最忠诚的核心人物，雍正的铁杆皇弟——十三皇子允祥的关系好。经过允祥怡亲王的举荐，允礼开始受到朝廷重视，当差办理重要事务，且得到雍正皇帝认可，先后受封“果郡王”“果亲王”。雍正还赐给他一西郊园林，并亲题“自得园”以命名。

自得园就在大有庄的南侧，两者相隔一条数米之宽的马路，这条马路也是当年通往静宜园的官道（今天通往香山的颐和园路）。在持续80年左右的时光里（1725—1806），允礼与过继来的后嗣——果郡王弘瞻（乾隆的异母弟弟）及其后代生活于此，吟诗作画，漫游乡里，与大有庄结下缘分。弘瞻之后，因为毕竟不是铁帽子王，几位贝勒尚可以续住自得园，当封号降至贝子时，便无资格再住了，大约在嘉庆十一年（1806），园子被内务府收回。

从20世纪50年代起，自得园归中央党校使用，直到今天依旧被称为“党校南院”。在我略微记得一星半点事情的时候，大人们就开始吓唬我：“不要到处乱跑，外面的水塘淹死过小孩！”这个园子里大大小小的池塘有几个，淹死小孩的事情似乎发生过。我家住的研究楼前面就有一个，不大，周边是错落的石头——护堤石，绿水幽幽，深不可测，湖水通过暗渠从颐和园昆明湖引来。此外，这个园子里还有几处老四合院，是光绪十七年（1891）建造的升平署用房，主要是为颐和园德和园演戏提供服务，还有两套四合院为步军统领衙门，负责颐和园内外的治安管理。自得园只是圆明园西南隅一枚小小附园，正好夹在圆明园与颐和园之间。1860年英法联军火烧圆明园时，一路向西，把这个园子也全部烧光了。如今，挖湖堆砌的假山、镶嵌怪石的水塘，还算自得园的残影，其他一切都灰失殆尽。

不管怎么说，果亲王允礼脚踩过这里的土地，或者还在小湖水畔沉吟顾盼。他曾写道：“绕遍四廊偶坐一团，秀色飞来闲倚匡床，细数青林翠壁苍苔。”还有诗云：“面面层峦向我楼，含青碧沼映空幽。月夕静观澄镜影，晴朝历数秀峰头。”他给园内建筑“向日轩”题诗云：“东轩敞向日，启彼葵倾心。我生若木枝，肺腑情倍深。楚诗与沛易，往是诚堪钦。”这首诗表达了他对雍正的忠心，以及对这位兄长的崇拜和依从。雍正登基，康熙时代残酷血腥的太子纷争终于落幕，老实厚道如他，总算可以平心静气地过消停日子了。他生命的最后16年，有10年常住自得园，公务不忙时，可以偷闲享受京城西郊的风花雪月，只可惜他42岁就过世了。允礼身体不大好，冬天容易犯气喘病，雍正皇帝体恤他，恩准其可以在家里办公，不用天天上朝。雍正驻跸圆明园时，他则候在自得园听旨。

允礼还喜欢到与自得园相邻的大有庄游逛。他写下两首直接与大有庄相关的诗。其一，《大有庄即事》：“太平人住太平村，面面青山正对门。篱落犬声知客到，呼僮命酒具鸡豚。”另一首《大有村酒肆》曰：“闲趣山间村里，醉他沽酒人家。谁道官身多事，能来篱下看花。”

可见，那时候大有庄已是生活气息浓郁的小村子，有酒肆小馆、日用商铺，引得这位王爷流连忘返。同时，这两首诗还流露出向往采菊南山、篱下看花的恬淡归隐的意味。所以，他终被多疑、喜猜忌的雍正认可为“直朴谨慎，品行卓然”。

大有庄原本就不是坐落于一方平地之上，即使今天，它基本上也是聚落于一块微微隆起的土坡上，故而后来村子干脆分为北坡上村、南坡上村，近年间还增加了一个西南坡上村。而村南原本有小河自西向东而过，小河南岸就是“官道”，即今天的颐和园路。官道再往南即是颐和园的院墙及相挨的小山，树木繁茂。所以允礼诗中会出现“山间”“青山”之类的描述。

但终归是铁打的村庄流水的王爷。果亲王偏居自得园十余年后过世，大有庄与果亲王的这一段因缘也就此了结。

三、村北两座贝勒府

除了村南一路之隔的自得园王爷府，大有庄村北还有两处贝勒府。它们原来是官家的“公所”，称为东公所、西公所，简称东所、西所。当年公所，一为清朝各部临时办公之处，二则为大臣临朝之便，修建的临时住所。

这与皇帝曾长时间在圆明园、颐和园处理朝政有关。据说大有庄原有政务处公所、内务府会计司公所、肃王公所、东公所、西公所 5 处公所。但现在除东、西公所外，其他遗迹无存。而在此之前，这些公所貌似是贪财太监的私宅，后来充了公。再后来，公用已不是必须，就又分配给皇亲贝勒居住。

东所现已无存。其所处位置在今天的国际关系学院的西北角，那里现在是几座宿舍楼。其中一座楼便是建在曾经的东所主人——载润贝勒大儿子溥佑的坟墓上。东所最初据说是宫里混得好的一个梳头太监出宫后置下的房产，但老太监最后还是被开了罪，房子被查抄，皇室便将其赏给了嘉庆帝第五子惠亲王绵愉之孙载润。载润是惠亲王第五子惠郡王奕详之后，清末袭封贝勒，因此东公所俗称“润贝勒园”。因载润号“寄云”，又有“寄云别墅”之称。

后来，溥佑的后人不断将房产、石头、树木零散变卖，搬回城里或者流离四方。溥佑过世后便就地深埋了，坟前种下两棵古柏，其后人一直无人过来迁坟。

西所占地 10 亩，宅地保留完整，只是早已若干次翻盖，现属中央党校，名曰“绿杨宾舍”。此地在 20 世纪 90 年代做了一次大翻建，变成现代改良风格的仿古建筑，雕廊画壁，完全是一座古色古香的园林建筑。

西所是清皇室赐予乾隆长子定安亲王永璜第五世孙毓朗作为宅邸的。毓朗袭封贝勒，故宅园又叫“朗贝勒园”。原来门楼上挂“绿杨别墅”匾额一块，绿底金字，闻为主人毓朗所书。

话说这两处宅子都属于贝勒们的郊区别墅，他们常常夏天过来消暑。据说，毓朗的外孙女，那位容貌气质俱佳的大格格完颜立童记也在西所住过一段时间。

东公所一直是载润贝勒家的，但后期他家里为这处园子起过纠纷，曾一度被公安医院占用。中华人民共和国成立后他们向上级申诉，园子又一度归还了他们，公安医院改为租用他们家 10 间房，每月租金 70 元。20 世纪 50 年代末，东公所由中央党校征收，公安医院被迁走。

西所“朗贝勒园”在民国期间也几经易手，最后易手到一户姓封的人家，这家人的墓地就在园子里靠南的位置。由中央党校征收则是 20 世纪 60 年代的事。

我的母亲对这两处公所有一些记忆，她说，20 世纪 60 年代初，东公所是党校的职工宿舍，只有两排房子，院落已非常破败，很多古树，阴森森的，后来就转给国际关系学院盖宿舍楼了。西公所她则参与整理过，那时候她所在部门的年轻人将园内的几棵大松树移种到新建的党校主办公楼前，直到今天，这些古松依然壮硕，挺立于大楼前。母亲还说，他们在挖树的过程中挖到一副埋有一年轻女子的棺材，女子还穿着大红衣服，吓得他们四处逃散。她讲这个故事时依然浑身发麻，我听着也觉得瘆得慌。一个穿大红丧衣的年轻女子，因何而死？说不定又是一段凄婉故事。不太理解封家及东所润贝勒家的做法，怎么人死后都是就地深埋？可见，这些所谓有钱人家后来都破落了，无钱外置坟地，颇有自生自灭的意思。

中央党校在1964年将东公所移交给国际关系学院时，东公所还是一个完整的清式小院。后来国际关系学院将其拆除，建了一批宿舍楼，但留了一排老房做一小型商店，此外遗物只剩两方汉白玉雕刻的上马石。现在东公所几乎遗迹全无，这是我多次在国际关系学院院子里四处踅摸得出的结论。现在这个学院规划整齐，干净卫生，处处打理得都很利落，从20世纪60年代到2000年，各个时期的建筑风格鲜明，只是更早的东西几乎没有了。偶尔会发现一些散落草坪的古石件，我只能猜测它们可能是东公所曾经拥有的物件。

西公所一直被作为中央党校的招待所。20世纪60年代，党校对西公所进行过较大修缮，后来这里不再住人，就变得比较荒凉了，党校就在院子里种了许多蔬菜、花生、水果之类。中央党校1969年整体下放河南西华干校期间，这里依然有人看管，没有荒废。20世纪90

年代，中央党校重新改造西公所，将原有建筑逐步拆除，建起一个仿古式宾馆院落，起名“绿杨宾舍”，沿袭了朗贝勒家“绿杨别墅”的名称。“绿杨宾舍”原有古建筑 483 平方米，在此基础上建起了总面积为 5100 平方米的宾馆式二层楼建筑群。“绿杨宾舍”虽然地处大有庄纷乱的城中村环境里面，却是自有幽静与威严，仿古建筑之间有苏式彩画的游廊连接，建筑精美，错落有致，布置合理，展现了中国古代建筑内敛静美的含蓄魅力。

四、曾经信仰满满的小村庄

2008 年 6 月，大有庄 10 号院的人家翻建房子，挖到了一尊无头佛像。由于此地即是极乐寺原址，百姓立即报告文物当局。6 月 14 日，海淀区文物部门组织挖掘佛像出土。这是一尊带基座的佛像，整体大约一米高，除了没有头部，其他部位保存相当完好，连佛像身上红色的袈裟、绿色基座上的彩绘都清晰可见。整尊佛像是由上等的汉白玉整块雕成。

《北京寺庙历史资料》对大有庄极乐寺是这样记载的：“极乐寺（家庙），坐落北郊大有庄十号，清光绪二十二年重建，先系私建，后系募建。不动产土地一亩，房十七间。管理及使用状况为供佛焚修。庙内法物有石木铜泥瓷质佛像十一尊，石泥神像十九尊，礼器十二件，法器八件，另有槐树两棵，枣树八棵，小松树两棵。”

上面是民国官方进行的统计。民间有说法是极乐寺原称罔极寺，始建于明代，后来荒废，以至于在乾隆五十七年（1792）刊印的《日下旧闻考》里没有这个寺庙的记录。光绪二十二年（1896）重修，坐北朝南，民国十一年（1922）又修。此院有山门1间，前、后殿各3间带廊，正殿3间，东西配殿各3间，东西耳房各1间，寺中还立有石碑1统。前殿内明间有关帝泥像1尊，正殿内明间砖座上有如来佛像1尊，观音站像1尊，均是石雕，另有瓷观音带花座1尊。这里泥塑、石雕、瓷观音被称为寺中的“三绝”。

这尊出土的无头汉白玉佛像，身形纤细，加上头部估摸也只有1米身高，所以根据上述记载，推测为那尊“观音站像”。

极乐寺现仅存前殿，殿顶已改造，其他建筑多次翻建，现为民居。前殿檐下仍有旧时彩绘，历经百年风雨沧桑，仍可看出当年是精品之作。1896年的那次重建全仰仗圆明园的工匠，他们捐资并出工料。镶嵌在极乐寺内大殿前廊两侧墙上的2块石刻，记录了这些工匠集资修寺的细节，它们也是目前仅有的记录圆明园工匠活动的碑记。这两块石刻长90厘米，宽40厘米，为青色沉积岩。据说，有一块障碍难除，无法捶拓，故内容不详，另一块石刻被拓印保存，其内容为：

高开亭助银一百两，雷子助银一百两，聚顺木场助银一百两，天德木场助银五十两，广恩木场助银三十两，天利木场助银三十两，同和木场助银二十两，毕锦堂助银十两，柬善福助银四百零五两。共用木匠工料银三百十八两七分，瓦作工料银三百七十二两四钱三分一厘，油作工料银百二十两整。开光使费银三十四两四钱七分九厘，以上通共用银八百四十五两有零。光绪丙申年六月谷旦立。

上面镌刻的有人名，还有商号名，这些商号代表的都是当年修建圆明园的能工巧匠。我很感动于这些工匠们的善举。曾有人提议，如果将来大有庄拆迁，可以在此地为当年修建圆明园、颐和园的能工巧匠建个博物馆，以展现他们巧夺天工的技艺才华，展示我国传统的建筑工艺。

极乐寺目前是“海淀区文物普查登记项目”，传说有标牌挂在东墙靠北部，但我经实地考察看不出任何保护痕迹。从目前的情况看，此 10 号院已面目全非，根本不是完整院落，各家住户只为自己留下 1 米左右过道，空地全部起楼，唯一幸存的老槐树挤在墙根，只有在天空才能伸展出它那由时间构建的庞大树冠。2017 年秋天，当地政府审查此院，认为其消防隐患极其严重，责令整改。

但我还是惊叹于这个小小村庄竟有明朝起建的寺院，且流转接承，从一间私庙变成募建，成为村子里百姓精神安放的地方。不要小觑这些民间寺院的价值，它们是为普通百姓解释生老病死、欢乐愁苦，安抚他们的最好场所，是普通百姓的精神寄居地。这样一方净土能让人们心境平和、心胸放开，而不是因物欲动不动戾气横生，总处于争抢夺取、尔虞我诈中。我忽然觉得那个存在过几百年的小庙，小小院落，暖暖和风，梵音美妙，透着一个清贫朴素村庄的庄重与尊严。

这样一个小村庄，除了有 400 年左右历史的极乐寺，还曾经有娘娘庙、观音庵、关帝庙。

《日下旧闻考》卷一百《郊垧西十》有记载曰：

> 达官村西南里许为大有庄，庄前为御道，道北有观音庵、关帝庙。（五城寺院册）臣等谨按：大有庄观音庵，铁炉一，明嘉靖四十年造。铁磬一，万历十九年造。关帝庙，铁钟一，成化二年造。

而《北京寺庙历史资料》的统计是：

> 关帝及娘娘庙坐落西北大有庄村三十四号，建于乾隆年，三村公建。不动产土地六亩七分，房屋十六间。管理及使用状况为殿房供佛，余房公用。庙内法物有偶像十六尊，钟两口，磬三口，另有石碑两座，旗杆一根。

两相对比，民国时期观音庵已不见记录，但冒出来一个娘娘庙。关帝庙，本地人叫它“将军庙”，与娘娘庙用一个门牌号，两者应挨着。娘娘庙出现得非常晚，大约在 1897 年前后，应该是大有庄建的最后一座庙了，建筑结构也异常简陋，显得寒酸，这和大清朝摇摇欲坠的国势以及民间百姓生活愈加艰难不无关系。没有山门，前殿 3 间，后殿 4 间，3 间西配房，里面供着碧霞元君、送子娘娘、斑疹娘娘、眼光娘娘等。但因为紧挨着关帝庙，且有香会表演，所以不似藏于村庄深处，还是有一定名气。1949 年之后这里曾经是大有庄粮店，再后来粮店不见了。

娘娘庙、关帝庙在大有庄的西南部，官道北侧，一东一西，相距不远，就是今天中央党校正门的东南侧。我小时候的印象中，这里是大有庄敬老院。庙宇的前面即是发源于玉泉山诸泉的小河，向东而去。河岸即是官道，地势开阔，阳光充足，记得常常见到老人们把双手笼在袖口里，在房前晒太阳。今天这条小河已经以管道的形式暗埋地下，上面是拓宽的道路。这片房产改动很大，庙宇被拆除，又因为紧邻颐和园路，往来游客较多，所以一直不断翻建用于商业经营。

慈禧时期，每逢农历四月，关帝庙前有大有庄村民募捐而建的“上香粥棚”，为往来行脚的香客或者赶路的外乡人奉上一碗热粥，此地也是每年朝拜妙峰山娘娘庙的各路文武香会的必经之路。据说，香会队伍应皇室要求，回程路上会在粥棚空场地上进行“回香表演”，不外乎高跷花会锣鼓秧歌，是那个时代的民间嘉年华。这时候，慈禧会坐在颐和园后山上的“眺远斋”（此建筑今天仍在）里，当后山有旗帜升起，大有庄的村长就下令已到达的香会队伍开始表演。慈禧老年喜欢热闹，观看这每年一度的民间表演令她欢喜。1905 年，颐和园院墙加高 1 米，遮挡了视线，这项例行娱乐活动才得以告终。今天我站在眺远斋的石台上是看不到大有庄的，要站到走廊围栏上，才能看到。在风雨飘摇的大清末年，慈禧或许曾被这短暂的民间喜乐感染过、陶醉过。民生维艰，但中国民间百姓顽强乐观的生命态度，就是要用锣鼓喧天、花红柳绿尽情表达着。

听老人们说，直到 20 世纪 60 年代，还有西山以外甚至是口外的老乡，秋冬之际跋涉百里甚至数百里，赶着羊群经过官道，千辛万苦将羊送到北京城里出售。有时赶路赶不及，就在颐和园北墙下蜷缩着过夜休息，真可谓风餐露宿。很可惜，颐和园路边的寺庙已不复存在，他们无处躲避风寒，喝碗热粥。

两座庙都有明朝遗物，有乾隆年官方记载，说明有相当悠久的历史了。它们看过人世间的风物景象、世态炎凉，充当过民间精神信仰的守护者。在那个相当贫瘠民生艰难的时代，小小村庄却也充溢信仰，不禁让人油然而生一些人间温暖与友爱。

五、小村庄的孽海情天

大有庄并非总是平静美好的。普通百姓衣食住行，烧香祈愿，生老病死，很少掀起波澜。但它也曾进驻过一些行伍之人，这些带枪的军人难免会带来些鸷戾之气。

1928 年 11 月 25 日，《京报》上刊登了一条消息：国民革命军第三集团军十五军第二师参谋曾贤岑对自己发妻开枪射击，导致其下身两个地方中弹，后不治身亡。报道称，公务人员前去验尸的时候，“突有兵弁数十人蜂拥而至，均各持手枪，驱逐在场警察，并以手枪迎面威吓（检察官）寿庚及书记官署长署员等，迫令离开尸场，声势极为凶暴。其时环观民众数百人均纷纷逃散，秩序大乱”。

这起轰动京城的民国军官枪杀发妻案发生在大有庄十字街，且是在光天化日之下。据凶犯曾贤岑称：其妻李氏“不安于室”。就是他认为自己老婆有外遇，然后，这位毫无现代文明素质和法制观念的军官，擅用私刑，所谓“杀奸”，还纵兵威吓办案人员，干扰司法，激起了当时北平社会舆论的愤慨与声讨。

要知道，杀人的是正经的国民革命军军官，不是土匪毛贼，但其野蛮行径以及身边士兵如家丁般狐假虎威令世人哗然。在中华民国成立 17 年后，其军队官员脑海里还固守着野蛮私刑观念，视妻子为私有物，任由处置，可见树立法制观念之艰难。

周作人在《永日集·杀奸》一文中特别提到这个案例，写道：“关于所谓摧残法权问题我们不想讨论，因为一则对于法政完全是外行，二则虽然‘拘辱’，到底比张宗昌之枪毙高等厅长要好得多了：究竟是国民革命军，又有当局在平坐镇，距大有庄不过二三里路，不见得会闹得怎么厉害的。”周作人的评论还算客气，但这个案例还是可以让今人得知当时的国情民权状况。周作人继续写道：“中华民国的法律是不承认杀奸的。农人是‘无智识’的，军官是有枪的，都不承认中华民国的法律。说他们是无法律那也是太冤，不过他们承认更古的法律罢了：许可杀双的大清法律比中华民国古，许可杀单的自然比大清更古了。表面是中华民国，也有了民国的法律了，然而上上下下都还是大清朝或以前的头脑，确信'女子是所有物，犯奸该死'，只看这两件杀奸案可以为证。中国现在到底不知道还是什么时代，至少总还不像民国，连人权都没有，何论女权？——我看那班兴高采烈的革命女同志，真不禁替她们冤枉！"

周作人的这番牢骚的确反映了当时的社会现状，说明蒙昧法盲是根深蒂固的东西，不是换了民国的旗帜中国就一下子步入现代文明社会了。

十字街杀人事件导致整个社会有关文明与野蛮的舆论风潮，在舆论压力下，北平卫戍司令部做出承诺，要依法严办曾贤岑，此事终于以现代法律处置，大有庄也算是见证了现代社会步履维艰的一点点带血的进步。

六、消逝的华美故园

因为紧邻西郊众多的皇家苑囿，大有庄在清朝的200多年历史中居住过不少工匠手艺人，还有做小买卖的，靠着为这些皇室园林提供服务养家糊口。

闻名乡里的"炸糕李"，名叫李振锋，做一手香糯甜美的炸糕，曾经深受慈禧青睐，常常到颐和园送炸糕。

这个人一直活到1963年左右，以90岁高龄离世。老人说这位李老伯卖炸糕一直卖到老迈，20世纪50年代还游走附近村子，在西苑、颐和园东宫门前叫卖。他固定的摊位在中央党校校门的东南处，用秫秸秆做个简单的围子，老头儿就在里面做炸糕。面和得稀，豆沙馅也调得软和，酥脆与绵软完美结合，至今大有庄人都认为“炸糕李”是全北京最地道好吃的炸糕。可惜他没有后人传承手艺，但那滋味被一代代人用语言记住了。

手艺精湛的木匠们捐建了极乐寺，也修建了不少漂亮宅邸，今天保存最完好的应属大有庄25号“怀塔布宅邸”。怀塔布姓叶赫那拉，他的母亲与慈禧有亲戚关系。慈禧晚年认荣禄的夫人及怀塔布的母亲为最好的朋友，宫中称这三位老太太为福、禄、寿三星。怀塔布是咸丰至光绪年间的官员，在有关维新变法的史学资料里可以看到他是一个“后派”、保守派。戊戌之年，他被光绪帝革职后，便在慈禧与荣禄之间奔跑联络，密谋政变。

怀塔布家资丰厚，他的父亲是两广总督、文渊阁大学士叶赫那拉·瑞麟，瑞麟的家宅在今天的王府井大街27号，原明代东厂所在地。这所宅院为相当精致的花园式建筑，草木奇异，假山林立，甚至还挖了一条小河。但怀塔布舍命不舍财，八国联军打进北京，他舍不得家产没有跑路避难，被联军抓住。有厌恶这个死硬保守派的人就编派他，说洋人开始让他干搬死尸的活儿，后来看他身体强壮有力气，就让他拉车。洋人用鞭子挞他的背，怀塔布回首斜睨而笑，口称“老爷别打，横竖这路，是我跑衙门跑熟的，包管不错”。反正一番折磨，庚子年冬天就死了。

“怀塔布宅邸”因为很齐整，在中华人民共和国成立后一度作为“大有庄小学”校址，今天虽说是居民院子，但红漆廊柱和精美的屋檐彩绘不同于寻常民宅。2016 年，政府要求现在的产权单位——“中关村一小”尽快腾退院内租户。2017 年秋天，小院已腾退干净，大门紧锁，但愿它能作为一处清末建筑遗存得到保护。

这套老宅最明显的标志是门口的一棵一级古树——守门国槐。原有两棵，现存的这棵被铁架圈好保护，枝繁叶茂，树冠宏大，气势不凡，贴着红色的一级古树标牌。

此外大有庄还有很多经营商号的商人，其中不乏发迹之人。这里曾有一个守业兴旺的励志故事，还有一个坐吃山空的败家故事。

大有庄北上坡 15 号院曾经是马辉堂的宅院。这位马先生按今天对其职业的准确称呼应该叫建筑工程师，清朝时候叫“营造”，他们家是营造世家，赫赫有名的

"哲匠世家"。马家从明朝朱棣时期起直至清朝，世代为皇家营建建筑工程。传至马辉堂时，家道更是大盛，成为清末北京"八大柜"（即兴隆、广丰、宾兴、德利、东天河、西天河、聚源、德祥八大木厂）之首，承建了包括颐和园在内的大量皇家建筑和王公府邸，主持维修了多座坛庙、寺观和陵寝。这家人有钱到什么程度？光绪十三年（1887）朝廷都给他家打过白条："据呈兴隆木厂商人马德春……请将十一十二年两年筹垫……实银三万二千二百四十九两六钱一分四厘，务恳请照数赏发。"这是他们修西海、南海及北海垫资的工程款，两年有3万多两银子，确实买卖不小。马家在城里魏家胡同18号建有大宅子，即著名的"马辉堂花园"。那是一组带花园的住宅，花园格致，建筑精美。进大门即是花园，中为住宅，东面还有戏楼，占地约7000平方米。住宅部分有两个并列的四合院，有转角廊相连，房顶皆为硬山合瓦箍头脊。后来军阀吴佩孚、国民党军统头目戴笠都住过这个院子。城里的房子是马家主要宅邸，大有庄这边的则是为方便工程建设而置办的住宅。

马辉堂北上坡宅园为前园后宅，前园布局建筑不多，园北部辟小院一处，四周粉垣，南有月门，北建硬山式书斋三楹，斋前建圆形小池一座，池中摆有玲珑俊俏太湖石一块，似一盆巨大的盆景。池旁有藤架，为昔日园主人休憩之处。出小月门，往南有一条弯曲小径可达园西南土山一道。小径两旁散置山石高低错落有致，石台各异，其中有几块湖石驰名京西，一块名曰牡丹石，一块名曰芍药石，一块名曰菊花石，可见主人家喜欢收集珍奇石头。“七七事变”后日本侵略军侵占北平时，万字会曾一度在园中办公。20 世纪 60 年代，小园被青龙桥大队大有庄小队队部占用。继而，小园建筑全部拆毁，建成海淀鞋厂厂房。近年来曾有青龙桥少年活动中心、大有庄居委会、社区服务站设在此处，而再往南有“大有庄双语幼儿园”。说是这里还有姓马的后代孙女居住，不知与马辉堂家关系为何？

在马辉堂时期，马家在大有庄算是头号富豪人家，而与马家宅园相邻的曾经的富裕人家——方家却败落下来了。

方家院落在马家北面，曾经有一条胡同叫方家胡同，以大户方家命名。现在，这条胡同的北侧是中央党校的东南墙，方家的院子原本就在中央党校的东南墙之内，墙内古树据推测为原来方家院子的门前树，还有一些装饰奇石散落于此。党校在此放置一统石碑介绍方介眉宅园遗址，称方介眉宅园系清末官僚方鋆善（号介眉）所建私家宅园。也不是很清楚他是何等官僚。

方家宅院算是清朝末年全北京数得上的精品院落。

《北京西郊宅园记》中这样描写方介眉宅园："方介眉宅园建筑布局，虽为我国传统多进式四合院之布局形式，但它又与一般民宅的前宅后园布局形式很不相同。宅园门三楹，一明两暗，中开大门，可进出车轿……进宅园大门，外院宽阔，院西建回事房三间，正北建雕花如意门楼一座……这座宅园为清末间士大夫经营，在京西私人宅园中，可列上品。"

这座占地10亩的院落主人姓方，名鋆善，号介眉，乃取诗经"为此春酒，以介眉寿"之意。其兄弟二人，原籍东北长白山，均为进士出身。兄方介眉，弟方个眉。两人曾放任外差任知府县令，卸任回京后在大有庄修建了自己的宅园。

据传，大有庄的"前状元胡同""后状元胡同"与这两位有关。老百姓可能认为进士已经距离"状元"很近了，所以称进士"状元"也不甚夸大。

两位进士都没有后人，就收养了个男孩，起名方大有。这也是我非常奇怪的一件事，因为以进士的满腹经纶、华彩文章，怎么能依着村庄的名字给孩子起了个"大有"呢？或许是名贱好养活，抑或两位方先生已经放情山水野趣，不再拘泥功名利禄，而是崇尚自然返璞归真？

这个方大有生性顽皮，加之养父母宠爱有加，书读不进去，从小顽皮捣蛋。方氏兄弟在清朝结束后不久就相继过世，养子方大有并未能顶起门户，依旧生活放浪，倚仗养父留下的遗产坐吃山空，不断把家里的值钱物件、古董字画拿出去变卖，直至家产败落，最后把房子宅地卖给了马辉堂家。

反观马辉堂的后代，其子本分守业，且将家族生意经营得风生水起，可巧，这位少东家名马增祺，字也是“介眉”。可惜，民国年间北平被日军占领，岁月动荡中未加精心维护，到中华人民共和国成立初期，“方介眉宅园”基本荒芜。

按照今天的位置，方介眉宅园西自党校的1至4教室，东至原党校校医院、现在的青年职工宿舍与武警宿舍区，北至16号学院楼，基本是一个长方形。今天，这一片区域是绿化园林，有山石小品，水系蜿蜒，其中那些非同寻常的山石，还有上马石以及古柏两棵，便是“方介眉宅园”仅存的遗物了。

据说1980年方大有曾回故里探望，已80岁高龄，附近上年纪的居民还能依稀记得他的模样。那情景一定甚是有趣，少小浪子老大归。浪荡子方大有把方介眉兄弟的财产败得精光，却活到高寿，说不定还很快活，这或许是他命中注定的人生模式。

七、近代大儒之雪泥鸿爪

近代以后，大有庄便是一个工匠艺人、小商小贩，以及为皇家园林服务的人群聚集的村庄，精明的村民便开始出租房产，有时也会有学生、教员来此地租房。传统传承至今，今天蜈蚣街一带满是学生公寓。而90年前，大学者梁漱溟也曾经租住于此。王宗昱先生的《作为文化保守主义者的梁漱溟》一文中记述了这段往事。

1916年，蔡元培先生看了梁先生写的文章《究元决疑论》，甚为欣赏，于是就请他到北大讲课。1917年12月，梁漱溟先生来到北大，上课的第一天，他就问蔡元培先生对释迦牟尼和孔子的态度，而且说："我不仅是不反对，我此来除替释迦、孔子发挥外，更不做旁的事。"这句话是后世将梁先生冠以"保守主义者"或者说"反动派"的著名佐证。另外也可以想见，他在北大那个洋派或者说革命派居多的环境里肯定是个不合时宜的少数派。1924年梁先生辞职，到菏泽出任山东省立第六中学高中部主任，但第二年他就带着熊十力先生和一些学生重回北京，想效仿朱熹，恢复古人私人讲学的风气。在《东西文化及其哲学》一书中，他便主张恢复宋人讲学之风。

1926年春至1927年5月，前后一年左右，梁先生转到颐和园北大有庄的极乐寺居住，熊十力、卫西琴等人也搬去大有庄。对佛家思想极力推崇的梁先生住在极乐寺倒是很适宜的。他过往数次动过出家的念头，在大有庄做私人讲学时竟然住到了庙里，想想也是非常有趣。不过，到北大之后他的思想开始转向儒家了。这一年，他应包括北大在内的一些高校邀请，演讲《人心与人生》《我对于心理学上见解的变迁》等。《人心与人生》是梁漱溟先生自认为其最重要的作品。从1926年客居大有庄开始，他即以向学生演讲的内容为基础开始了该书的创作，但直到1960年才开始动笔写作，并终于在1975年完成该著作，而到1984年才正式出版，前后历经近60年。梁漱溟老人亦在此间阅尽中国社会之沉浮变迁、人生人性之千姿百态。

有“中国最后一位大儒家”之称的梁漱溟曾与毛泽东有过一段关系融洽的时期。他们1918年在杨昌济（杨开慧的父亲）家初识。1938年梁漱溟到延安，16天里两人多次交谈，甚至有两次通宵达旦。1951年至1952年两年间，在北京城没有住房的梁漱溟，经毛泽东特别指示被安排住在颐和园的谐趣园。他们经常往来，谈论哲学、社会、历史，高谈阔论，漫无边际，经常兴高采烈，有时也会不欢而散。那是他心趣盎然、意气勃发的两年，他在日记里经常记载与三五好友爬山划船。而颐和园的居住地与他 1926 年在大有庄极乐寺的居住地近在咫尺，所以回村庄逛逛，探访寺院房东老友也是极有可能的。

跟随梁漱溟在大有庄租房讲学的熊十力在这期间改写了他的《唯识学概论》。这部以教义为基础的著作在 1923 年首次刊行，这次改写使熊十力迈出了由佛归儒、自创新论的极其重要的一步。1932 年，熊十力更是以十年之力推出文言文本的巨著——《新唯识论》，标志着他开创的“新唯识论”哲学体系的诞生。

1926 年在大有庄的生活对熊十力而言应该是非常辛苦的。他除了著书立说，每周还要到沙滩，即北大当时的所在地讲课。后来，他患上了严重的神经衰弱，不得不中断这段日子去外地疗养。

在大有庄生活期间，梁、熊两人都没有固定收入，靠稿费和临时讲课维持生活。除了卫西琴单独吃饭，大家基本上跟梁先生一起吃素，可是熊十力是无肉不欢之人。学生薄蓬山管理伙食采购，有一天，熊问薄：“给我买了多少肉？”“半斤。”当时是 16 两一斤，熊一听是半斤，却以为是 5 两，道：“给我买那么点儿！”过了两三天，熊又问：“今天给我买了多少肉？”“今天买了 8 两。”熊一听便喜笑颜开：“这还差不多！”这个半斤八两的故事令大家笑谈好久。

1926年至1927年，梁、熊两位中国近代著名哲学家、思想家在北京大有庄的极乐寺里度过了不同寻常的一年。那时，他们正当盛年，精力旺盛，勤奋研学，没有枉费光阴。

八、普通人家的故事

上下左右只顾讲历史，似乎还没有触及我亲历的鲜活的大有庄。现在回到我狭小有限的生命空间，回到现代，说说我曾见闻的两个普通百姓家庭的故事。

第一个故事关于一个生了11个孩子的母亲。我3岁的时候经常和一群幼儿园的小伙伴从大有庄东侧的“党校幼儿园”走回党校东门，大概300米的距离。那时，社会对于孩童来说相对安全，道路上也少有车辆。那条“幼儿园之路”是大有庄的北马路，是村子与中央党校的分界线。快走到党校东门的时候要经过一户人家，这家人很穷，永远是敞着门，里面黑黢黢的。强壮的母亲时常坐在门口，怀里有个吃奶的孩子，看着来来往往的人们。印象中她面色带善，浓眉大眼，身材高大，典型的劳作妇女。

她是11个孩子的母亲，她的孩子都如同小铁蛋似的跑个不停，穿得破旧但健康快乐，没有一个夭折。她在娘家是独生女，娘家妈妈害怕人丁稀少的孤清，让她多生孩子，生多少都好，娘家妈妈过来给带。这家男人似乎腿有毛病，走路跛着，大约是小儿麻痹留下的后遗症。他不说话，总是坐在门口用粗黑的双手修鞋。20世纪70年代，生产队的猪委托这家饲养，我印象中大概有两三头猪，猪圈就挨着房子。

这户人家总是引起党校人的注意。他们家经常敞门开窗，天黑后屋里透出比煤油灯也亮不到哪里去的灯光，比黑暗更凄惶。还有那些总是欢天喜地追跑打闹的小铁蛋给了党校人无数的谈资话题，人们会为他们能不能吃饱穿暖长大成人担忧。另外，猪圈都放在家里了，这些手脸脏兮兮的小铁蛋咋不生病，还活蹦乱跳的？这让那些讲究卫生的人们觉得不可思议。

两口子是单独起灶吃饭的，而且吃得好，有时会有点肉，偶尔还喝上两杯小酒。孩子们是另外的大锅饭，大的带小的，小的满地打滚胡闹，乱吃乱玩。其实两口子蛮有智慧，他们自己不吃好喝好养好身体，如何将11个孩子养大成人啊？穷苦百姓总有他们自己欢喜而智慧的生存大法。

后来，人们的担心被证明就是瞎操心，用百姓的话说，11个孩子，一个也没糟践！他们非但长大成人还都很出息。他们家不仅出了军官，还出了检察官、科学家、吃官粮的公务员，等等，个个人才。而党校院子里不成器的孩子有的是，经常有大人说："看看东门大有庄那家，瞧瞧人家孩子，穷人家孩子有出息啊。"

前些年那位母亲还活着时经常出来晒太阳，脖子上带着孩子给买的金项链，有认识她的党校老人经过都会打个招呼夸赞几句。现在，她家祖屋改建成了一幢二层小楼，经营有海鲜的餐馆——恒叶渔村，名字老派而温暖。党校的老人称之为"老八家饭馆儿"，应该是这家里的老八经营的。

那位母亲在那个物质贫瘠的年代与残疾老伴儿如何苦苦挣扎过来，真是无法想象。11 个欢蹦乱跳的孩子每天要吃多少饭，一年四季要换几套衣，绝非今人可知。勇敢强壮的母亲用臂膀承担了生活的苦难，她希冀而坚定的眼神我至今没有忘记。这户人家是苦日子里的典型，贫穷、励志、节俭，挣扎在最低的生活线上，但有着超人的生存能力，并把日子向着一个好的方向去过。

第二个是关于梁记修车铺的故事。从大有庄西南上坡入口进入村子，你会很快看到一座相当讲究而且有官气的宅院。过去听说一位退下来的军队高官被安置在此，但二十几年过去，高官应该早已过世，这座宅院也已归某空军部队所有。这座大宅子有三个标志可寻，其一是村门，在其外侧，有一大铁架子门，上写"大有庄社区"。其二是一垃圾站，在大铁架子门外侧，臭烘烘的但每天有人清运。其三就是挨着垃圾站的“梁记兴隆修车铺”。如果说东门外那位母亲是我幼年时期的记忆，梁记两代人在大有庄的修车生涯则是我时断时续的半生观察。

20 世纪 80 年代初期，那时候刚刚允许老百姓自办买卖做个体户，梁家爸爸老梁便在中央党校正门 60 米开外的路边开了一家修车铺，位置就在离今天那块题着“中央党校”几个字的大石头几步路的地方。梁爸爸那时候也只是个三十几岁的青年，小梁完全是个孩子，一张娃娃脸，红粉扑扑的，但他说他有 16 岁了。父子俩天天兴高采烈地守在修车铺修车，总有无穷无尽的车给他们修，补胎、上油、打气。父子俩都爱说话，他们的铺子总是会聚集那么几个人，没有清闲的时候。

那时候的小梁是个活泼好动的大男孩，甚至有点顽皮。有一次他坐在一个二把刀青年开的带翻斗的农用三轮车上兜风，没想到车子翻了，他正被扣在翻斗下面。我爸那天正好在党校大门口收发室等报纸，看见顽皮熊孩子被扣到车下，就飞奔过去连同另一路人把翻斗翻开了。这件事让我们说了好一阵子。那时候的个体户收入比普通职工高，挣的又是活钱，但没啥社会地位。那个时候，小梁如果不愿读书了，完全可以去工厂或者进一家大的集体单位，做个正式职工。没想到，他在修车行一干就是一辈子。

后来，党校征地，他家铺子正好挡在党校的大门脸上，一堆破车烂胎的，不知咋协商的，就把他家铺子移到村子里去了。但移过去的那个位置，正把着村口，也是大有庄最正根儿的主马路——大有庄路的起点，是黄金地段。我印象中这父子俩在村口把铺子经营得依然有声有色，路过时从没见有冷清的时候。

再后来，老梁就不见了，只小梁一人当老板兼伙计，粉红脸儿的少年逐渐变成个黑脸汉子，秀气娃娃般的五官也变得粗糙难看了。一年年看着小梁变成沧桑中年男，没有小小梁，只他孤单守摊，眉飞色舞的面容再也不见，只见中年男人浑身上下积累的灰尘与疲惫。现在他是个没表情的老板，疲沓沓的，经常坐在一把破椅子上沉思。客人还是不少，打气的，自助敲敲打打的，反正工具齐全，再有就是没事在那里彼此闲扯的，而小梁已很少与那些客人扯闲篇。现在他不光修自行车，好像还开发了电动车的生意，但无论我多少次路过他的铺子，再没见他笑过。这让我想起并不搭界的闰土和《伤仲永》，或者说，让我想到一生飞快如梭。

不知小梁能干到哪一天？这个传统上以工匠、手艺人、小商小贩为主的村庄，本地人现在经营的基本上都是“瓦片经济”——吃房租。我走在村子里的小街，譬如蜈蚣街之类，做东张西望状，路过的本地女人就会问：

“你找谁？”但我一张口北京话：“这蜈蚣街吧？”女人便答：“是。”知道我不是租房房客，便快步离开了。仔细想想，这些变迁是一点点发生的，而过去的生活却再也回不去了。

九、随时可以告别的村庄

我还是个小毛孩的时候，会站在中央党校东门看着眼前的大有庄，因为它与我身后宏丽辉煌的党校大院完全是两个世界。这个村庄又穷又破，房屋低矮，屋内黑暗，道路是扬尘的土路，小商店的木门窗框摇摇欲坠，人们穿着破烂，过着与党校的人们完全不同的生活。每个人都受自己所在阶层的影响，即使你还是个小毛孩，也会很快站在自己的阶层，对这世界的高低上下生成自己的认识。但随着年龄的增长，我逐渐开始爱和疼惜这个村庄，如同疼惜在人生中跌打滚爬、心酸辛苦的自己。宽以待人，其实是希望他人宽待一脸灰尘与疲惫的自己而已。

我希望这些曾经的故事能在老村庄消失之前被人们了解，因为如果真有一天这里变成了城市的一条绿化带，建起现代式的街心公园，那么，那些曾经鲜活生动的饮食男女、热络生活就会像没发生过似的，仿佛这从来都只是一片普通的土地。而那一天迟早会到来的。

平民匠人、亲王贝勒、进士文人，精明商人、快乐的败家顽主，他们的是非功过没有什么好值得评判的，他们只是大有庄的一批批住客，看了一遍自己人生中的日月起落，便消匿于时间之河不再浮现。当然，村庄迟早会被拆除，它必须服从城市化的大趋势，那也不值得伤感。宏观而论，整个人类的活动都是从无到有，从清净到凌乱，纷扰繁复，惹人喜惹人悲。这经久不息的轮回携带着生之喜乐哀愁，死之沉寂灭失。万物只是腾空而起，暂寄时空一小隅，总是有飘即落。譬如风中小鸟，掠过，鸣过，还要拼尽小身躯的全部力气，努力完成这个过程，并希望这个过程是快乐的。被一个个曾经鲜活的人构成的村庄也是如此。

2016 年 2 月 9 日初稿

2017 年 12 月修改于万柳

幽幽山中，千年一刹

一、山中古寺，闻香而来

我与京西门头沟马鞍山戒台寺的缘分也算结得早。20 岁左右故作成熟地烫了一头卷发，为的是仲春时节与友人郊野游玩。20 世纪 80 年代中期，门头沟一带山区交通并不发达，一天能有一趟进山的班车就算不错，翻山越岭更多的是山西的运煤车。运煤车往山里走时都是回程的空车，招手搭上一程也寻常，司机们对文弱而面善的年轻人一般不会拒绝。而往往搭这一程就是去两个寺院——马鞍山的戒台寺和更为西北的潭柘山中的潭柘寺。

我们那一行年轻人先游历潭柘寺，回程时又在戒台寺下车，已是黄昏时分。丁香花馥郁芬芳，浓得化不开，疲劳的我们被这花香熏醉，留下一张站在山门前的照片，迷茫的青春与古老的寺院相映成趣。丁香花因香气嵌入记忆，至于寺院建筑、古木、佛像、僧人，则恍惚如浮云。

过客的谈笑风生如鸿爪之痕，似有若无湮灭于时间。在后来的生命里，我多次拜访过戒台寺，益发喜悦而印象清晰。我偏爱在丁香花盛开的春天前往，此时冬天的大地刚睡过一场好觉，空气里充盈着饱满新鲜的气息，芬芳肆意。如果不是对佛教有特别兴趣，京城人往往把戒台寺当作以丁香、牡丹、古松闻名的春游之地。那里飘香了300年的古丁香，使去戒台古寺“闻香”成了欢乐相携之盛事。

自明清至民国，戒台寺香火颇盛，环绕此寺的几个村庄——苛罗坨村、石佛村、秋坡村都是人们上山进香的香道。苛罗坨村村西有一座明朝时期修建的石桥，今天犹在，俗称“娼妓桥”，就是为进香人通行便利而建。曾经妓女们来进香，一为赎罪，二为积累功德，但她们自觉身份低贱，只从寺院后面进去，因这条路上要涉水，便修建此桥。

在万历年宛平知县沈榜撰《宛署杂记·民风一》里，有对进香场景的记载：戒坛是先年僧人奏建说法之处，自四月初八至十五日止，天下游僧毕会，商贾辐辏，其旁有地名秋坡，倾国妓女竞往逐焉，俗云赶秋坡。

按照沈知县的记述，“耍戒坛秋坡”，当年是与“赏西湖景（今日颐和园所在）”“登玉泉山游寺”同等重要的民俗活动。四月十二日，是戒坛上香的大日子，“冠盖相望，绮丽夺目……从远望之，盖宛然图画云”。

我不愿把这番场景想象得如集市般纷扰凌乱。燃香礼佛总是令人肃穆恭敬之事，而那些散落于院落边际的古丁香树，风姿绰约，芬芳阵阵，四月晴空，美好人间。这不禁令人怀想，千余年来，多少美好的生命来过此地，流连于草木山峦，迷执娑婆世界，或者勘破红尘。

二、恭亲王在戒台寺的十年

光绪十年三月十三（1884 年 4 月 8 日），恭亲王奕䜣因与慈禧太后嫌隙加深，被懿旨下令“养疾”。慈禧开去恭亲王一切差使，令其居家，保留“世袭罔替”，撤去双俸，给以全俸。同时宣布撤换全体军机大臣，代之以礼亲王世铎为首的新军机，史称“甲申易枢”。

这正是丁香花开的时节，落寞失意的道光皇帝第六子恭亲王奕䜣上了马鞍山，跨进戒台寺的山门，自此一住就是十年。其实，自1852年起，咸丰帝即已将奕䜣“分府出宫”，赐予位于什刹海南岸的原乾隆时期大臣和珅府邸，改称为“恭亲王府”，实际上是将他排挤出了核心政治圈。虽然“恭亲王府”成为京城最高端豪华的王府，但遭到排挤的恭亲王住在那里通体不适，感觉不安稳。

入寺这年，奕䜣刚刚进入50岁，开始了新一轮的流年不利，政治命运与子女因缘都受到打击。

此前，他的子女命就不顺。命根比较结实的，是最早出生的三个孩子：大女儿，即大名鼎鼎的荣寿固伦公主，以及长子载澄、次子载滢。他们至少活到成年，且固伦公主七旬辞世，算是高寿。后面的子女，命数如同中了无法破解的魔咒，一个接一个夭折。

譬如，他最钟爱的次女出生时，“亲党来贺，多谓汝丰颐广颡（下巴丰满脑门宽大），可以享福泽而登耆艾”，但这个众人口中的福相女儿只活了5年。4个月后，恭亲王的三儿子载濬出生了，笃信佛教的恭亲王坚信这是次女不舍他的疼爱，以转世的方式再次来到他家。然而不到两年，三子载濬又夭折了。恭亲王写给次女的墓志铭曰：

> 汝卒之四月，而汝弟濬生。阅二年，而濬又死。其殆汝之灵不昧，而故托伊以来耶？然无端而来，又无端而去，抑何必为此一见再见，以重伤吾之心耶？其当皆归于命耶？

他以为他们父女缘分就此不再延续，伤透了心。

在铭文最后恭亲王写道：“汝生五载，汝死千秋。我铭此石，天地长留。”从这句可知恭亲王对子女是如何感情深厚，他以生之有限而死之无限展现父爱可以抵达的维度，并相信其情附着于物（铭石）可以与天地长存。这个墓址在昌平区东 30 里翠华山前的麻峪村，俗称“六爷坟地”。后来，著名的“秦城监狱”建于此。到了奕䜣 50 岁前后，魔咒再次发威。先是三女儿未及 2 岁死，整整 5 个月后（一天都不差），四子载潢出生，但只长到 6 岁又夭折了。在这期间，奕䜣的四女儿出生，长到 2 岁夭折，两年后，五女儿出生，然后才过去 9 个月，长子载澄竟然病故了。恭亲王看着这些子女来来去去，想着自己空有天下抱负，却被慈禧招来挥去，如今弃之如敝履，自感缘起缘灭之无常。即便是有幸托生帝王家的六王爷，也不能脱逃因缘果报。

仕途不顺与儿女劫难倒是推动了奕䜣对佛教的信仰。他选择在戒台寺修佛，位置恰好。此地位于京城西南 70 里，不算很远，骑马也就是小半天的时间。更为重要的是，戒台寺不但是千年古寺，佛缘厚重，也是有清以来皇室相当重视的寺院，建有行宫北宫院。分布于院落四处的白丁香，是乾隆皇帝谕旨从京西海淀畅春园移植过来的。北方寺院以丁香树替代菩提树，乾隆皇帝只选白色，象征圣洁庄严。如《佛说阿弥陀经》记载：“白色白光，微妙香洁。”

奕䜣来到戒台寺，心情疏朗了许多。他和住寺僧人结交，并将北宫院重新修缮一番，然后题额“慧聚堂”，从府邸运来不少家具，又在花园种植了大片牡丹，于是也称“牡丹院”。直到今天，他的家具还在寺院的大悲殿保存，都是明清制式的红木家具，经过百多年岁月，黑黢黢的，打蜡擦拭后定会泛着沉稳贵气的光泽。而他种植牡丹的传统，寺院也沿承了下来。丁香和牡丹不是同时开放，丁香时节，牡丹只是花苞累累，偶尔会看到个别着急而绽开的花朵。

奕䜣已被皇室彻底冷落，他庆六十大寿时，只有区区 6 个人到访。这是他生命最后 14 年的倒计时开始，他出资对寺院其他破败建筑也进行了修缮。为表善举他铭刻一块石碑，如今立在重建的千佛阁院落里：

> 予偶游览至此，何胜钦悚。因其罗汉堂、千佛阁等处，或患剥落，或将倾圮，捐资修建之。其地有俗称北宫者，亦复其崇隆之旧，额以慧聚堂，取存李唐遗意也。惟是地大物博，中怀歉所期善信人等，于金经所谓初日分，以恒河沙等身布施中日分，复以恒河沙等身布施后日分，亦以恒河沙等身布施，

如是无量百千万亿劫以身布施如是。如是则禅宗丕振于无穷。我佛亦拈花微笑也已，住持僧妙性其拜手合南矣乎。是为记。

文字可见他以《金刚经》为指引，为自己的布施情不自禁地表白——“我佛亦拈花微笑”，住持“拜手合南”。

奕䜣是个感情外露的人，做点好事就沾沾自喜，他表达丧女之痛也是真情流露。此外他在戒台寺还救助了一棵即将倾倒的松树，却很庸俗地题字“卧龙松”。有人附会，认为这是奕䜣自诩“卧龙”，有伺机东山再起的意思。如果这真是奕䜣的心思，那他算是白过了五旬华年，更需要领悟佛法。

在戒台寺的十年，奕䜣应该在好好研习佛法，与僧人交流修法心得。他资质聪明，但不一定转换成智慧，他的一生总是情不自禁要将自己的才干及满腹诗华展示给人看。譬如15岁时与四哥奕詝伴随道光帝去热河狩猎，他人前人后生龙活虎，箭不虚发，满载而归，而奕詝却空着手对道光帝说，儿臣看生灵正是怀春之际，不忍杀之。道光帝怎不盛赞奕詝更有仁君之心——“此真帝者之言”！再有，道光帝考察二子的功课，奕䜣是知无不言，言无不尽，滔滔不绝，而奕詝看道光帝病痛缠身，便不管功课，伏地做痛彻状。奕䜣过于才思敏捷而不擅长揣度人心，从道光帝的角度来说，选择一个更为仁孝且讷言慎行的人继位更为合意。

十年之后，正是中国社会走向现代巨变的前夜，而奕䜣是一个旧时代的人物，虽有聪慧的大脑、干练的作风，也不过是西风渐进卷起的大时代风暴来临前一个无用之人。甲午海战之后，清廷的没落之势无人可挡，采取守势却守得很难看。慈禧太后虽然极力启用栋梁之才以支撑摇摇欲坠的王朝大厦，包括重新招用曾是她得力同盟的小叔子恭亲王，但大厦的基础已朽坏空洞，再好的大梁除了炫耀自身材质优良，并无他用。奕䜣在 1894 年秋天下山，9 月 29 日即领慈禧懿旨，重新在内廷行走，管理总理衙门，恢复原职，并总理海军事务。这一天，是中日黄海海战清朝海军惨败后的第 12 天，奕䜣被派去收拾战争失败后的烂摊子。

已在山中清闲十年的奕䜣，完全被这份即将完结的祖业之残破现状震惊了。其实他完全可以以老病推脱，但他没有。年过 60 的他，还是没能修炼出深厚城府与缜密心机。又为朝廷服务三年半后，奕䜣于 1898 年初夏归西，倒是躲过了几个月之后“戊戌变法”的风暴。有人评价他：“六十七年固如落花一梦，然实已不愧为爱新觉罗之好子孙矣。”算是定论。

三、传说与真实交织的寺院

奕訢入住的戒台寺，寺院乃明朝格局、清朝翻建。整体布局和殿堂的设计者，是承天门（天安门）的天才设计师，工部侍郎蒯祥。寺院坐西朝东，入寺门，天王殿、大雄宝殿、千佛阁、观音殿，九仙殿在一条轴线上依次排列，两侧均有庑廊，西北部有戒坛殿、牡丹院。整个建筑依山势而建，层层递升，布置精致，景色与建筑浑然融合。苏州人蒯祥将南人独有的细腻幽美与北方山峦的阔丽风貌结合，打造出这组优秀的汉地佛教建筑群落。

关于戒台寺的建寺时间，一般流行的说法是唐武德五年（622），戒台寺官方介绍也是如此。但这实属无稽之谈。此说声称以“寺内碑文和史料记载”为依据，碑文即指明清两朝留于寺内的石碑铭文，但它们本身就是二手资料，以讹传讹者多。如被当作戒台寺前身之证据的明高拱撰《重修万寿禅寺碑》记：“马鞍山有万寿禅寺者，旧名慧聚，唐武德五年建也。时有智周禅师，隐迹于此，以戒行称。”这个资料很可能出自《续高僧传》卷十九“释智周”。

唐朝有两个智周法师，一个名气大得不得了，是法相宗三世祖，师承玄奘一脉，还亲授了不少东洋弟子。后来这些东洋弟子将法相宗带回日本，开创了当地宗法。但这位智周禅师与戒台寺一点关系也没有，他在濮阳报城寺任住持，号称“濮阳大师”，且比资料中的“唐武德五年”要晚出生四十几年。另一位智周和尚，名气没那么大，却是《续高僧传》里的那位，也确实是戒律严格、深居修行之人，但他武德五年就圆寂了，不可能刚开山就离世的。

此外，武德五年时，戒台寺这里处在地方势力的掌控范围内，整个华北地区的割据势力尚未最终平定，怎么可能跑来一个远方的僧人隐匿修行？而《续高僧传》里另有一句话最终破除了戒台寺始于唐之说——“又晋司空何充，所造七龛泥像，年代绵远，圣仪毁落”，说明这个马鞍山慧聚寺有东晋遗物。但华北燕地当年根本不是东晋的疆域，属于前秦、后赵、前燕甚或更多北方民族轮番坐庄的地盘，何充作为东晋名臣，怎么可能跑到燕地造佛像？实际上，华夏幅员辽阔，马鞍山之名，并非京城独有。江苏昆山城内著名景观玉峰山，因形似马鞍，也称“马鞍山”，山上恰有名刹慧聚寺，此地也正属于东晋的国土范围。该慧聚寺建于南梁（很有可能收集了何充所造佛像），寺名为虔诚的佛弟子梁武帝萧衍所题。《续高僧传》里的智周法师，俗姓赵，“其先徐州下邳人，有晋，过江居于娄县之曲阜也……武德五年七月五日，遘疾，终于大莱城南武州刺史薛仕通舍”，从这些记载看，智周和尚与江苏马鞍山慧聚寺的关系更为接近，与戒台寺，甚至当时的整个燕地，没有丝毫关系。

以求实求真的态度追寻一个寺院的历史，是不能单纯凭借后世碑文记载与传闻的。寻遍整个戒台寺，找不出与唐朝有丝毫关系的文物痕迹；而戒台寺里辽代文物之多，可谓北方寺院之首。如果说所谓隋唐建寺找不到直接证据的话，到了辽代咸雍时期（1065—1074），戒台寺的历史则豁然开朗。

寺中留存最早的碑石及石幢均为辽代之物。两统辽碑，一为乾文阁直学士王鼎撰，大安七年（1091）立；一为辽金两朝宰相虞仲文撰，建福元年（1122）立。

虞仲文立碑之时辽国江山已亡，天祚帝出逃，他的叔叔耶律淳建立了一个史称北辽的朝廷，乞求依附金国，年号即为“建福”。但“建福”只存在了4个月，便随着耶律淳的死亡结束了。已降金的才子虞仲文在那个风雨飘摇的日子里，跑到马鞍山戒坛祈求些什么呢？因为碑文不详，无从考证了。

王鼎所撰碑文中，记有一位法均法师，我认为才是戒台寺真正的开山始祖，也是本寺始建的实证：

咸雍五年冬，上以金台僧务繁剧须人，诏委师佐录其事，虑志可夺，其命难寝。因顺山上下众心之愿，始于此地肇辟戒坛，来者如云，官莫可御，凡瘖聋跛伛、贪愎骄顽，苟或求哀，无不蒙利，至有邻邦父老、绝域羌浑，并越境冒刑，捐躯归命。自春至秋，凡半载日度数千辈。半天之下，老幼奔走，疑家至户，到有神物，告语而然。

碑文中记录的便是法均和尚建立戒坛的缘起及授戒盛况，“此地”即指马鞍山（依王鼎在石幢上所刻）。法均于辽咸雍五年（1069）冬奉诏佐录僧务，并于马鞍山上创建了一座菩萨戒坛，广度四众，日度数千，弘化世间。碑文里还提到，当时辽国皇帝耶律洪基非常赏识法均，赐予官职，但和尚推脱不受。后来实在盛情难却，便接受做三学寺住持，耶律洪基赐号“严慧”，并特授“崇禄大夫守司空”。民间推崇他为“普贤大士”化身，称其“钟普贤之灵，孕凡夫之体”，来度化人间。法师的高德被形容为“行高峰顶松千尺，戒净天心月一轮”；功德则被描述为“前后领戒称弟子者至五百万余”。这个数字有些夸张，因为当时辽国人口总共有大概700万，难道几乎全国都是他的弟子信众？

法均和尚于大康元年（1075）三月四日圆寂，世寿

55岁，僧腊39年。他过世后，道宗耶律洪基“矗然者久”，悲痛异常，并派使臣吊慰其徒众。三月二十八日，和尚法体具礼荼毗于北峪，火灭后竟收灵骨，五月十二日起坟塔于方丈之右。

通篇观来，碑文没有提及寺院名称，荼毗地点北峪应该就是离寺院不远的山沟里，“起坟塔于方丈之右”，说明其埋骨即在寺中，并称“又创影堂，左右以石建尊胜陀罗尼幢各一”。今天，石幢还在，王鼎在上刻字，称其“马鞍山故崇禄大夫守司空传菩萨戒坛主大师其人也”。可以推想，当时这个地方是以“戒坛”著称，并没有“慧聚寺”之说。

有传说金、元时期均有僧人在此传法，金朝时的僧人是波罗，寺内有金碑。根据乾隆时期《日下旧闻考》的考证，彼时的确有金碑二统，但字迹已漶漫，只看出分别为天德四年（1152）、贞元三年（1155）立。“此二碑今寺僧犹传其文，而讹脱颇多。”

而传元代高僧月泉长老曾在此地弘法，则实属另一个大误会。依据虽然来自寺内石幢，但石幢本身是被“移花接木”的。在明王殿前抱塔松南侧，有两座辽代石经幢。据《日下旧闻考》考证，一座由王鼎撰，立于法均圆寂的大康元年（1075）；另一座则是法均圆寂后两年即大康三年（1077），由法均弟子建造，上刻尊胜陀罗经咒并序。但今天我们看到的其中一统石幢，只幢座还是辽代的，其上却安了一个元代的文物，即元朝月泉新公禅师灵塔的塔身，建造于至元二十八年（1291）。塔身正面刻“大都鞍山慧聚寺月泉新公长老塔铭并序”，其余七面则记述元代至元年间月泉新公长老的生平。这两个隶属不同朝代的文物被嫁接在一起，应该是近代某次修建造成的错误组合。

《日下旧闻考》里也记载了月泉和尚的灵塔及塔铭资料，但这个塔当时并不在戒台寺，而是在另一个寺院——西峰寺里。今天西峰寺仅存三座古碑，已无此塔，原来是被后人搬去了戒台寺，安装在了辽代的幢座之上。西峰寺三统明碑的碑文，提到明朝时这里已是荒寺，有“两浮屠巍然独存”，一塔为唐塔，名“浚公塔”，塔铭不详，另一塔为月泉新公禅师灵塔。碑文中有对月泉重新修葺该寺的记载：“因兹云山改色，钟鼓楼新音，内外雍容，遐迩善末，三五载增修产业，开拓山林，破垣颓屋，无非济楚。”与《日下旧闻考》所记内容完全吻合。我细读明碑发现，此寺“在唐时名为会聚寺，至元改为玉泉寺”，明正统年间请赐额为“西峰寺”。很可能，在月泉和尚塔被好事者搬到戒台寺辽石幢上之后，人们又一次将慧聚寺（或会聚寺）与法均的戒坛错误地联系了起来。而事实上，月泉和尚并没有在戒台寺讲法，而是与西峰寺有关。

到了明朝宣德年间，马鞍山上的寺院重新被重视起来。当时司礼太监阮简等以皇帝所赐金币“僦工购材，作正殿奉三世佛，左右列十六大阿罗汉，外作四天王殿，左作迦蓝殿，右作祖师殿。东西有庑，外作演论之堂，居僧之舍、斋、庖、库、廪，糜不具备。外建三门，环以周垣”。这次修建即由蒯祥主持，而当时的一位高僧道孚法师进行全程监督。工程历时 6 年，完工于正统五年（1440），司礼太监王振奏请英宗皇帝赐额“万寿禅寺”（《敕赐万寿禅寺碑》今在寺内）。这是戒台寺唯一正式寺名，至今未改，民间称之为“戒台寺”乃俗称，因其是高僧授戒场所。

关于道孚法师的生平事迹，有明六朝元老大臣胡濙写的碑铭为记。道孚乃江浦望族出身，生下来便有异象，昼夜啼哭不止，满月抱到寺院里，却再也不哭泣了。7 岁成为沙弥，长相“高额深目，大颐方口，仪表端严，眉宇森秀”，利根发于童心，对于佛教的仪轨举止仿佛生来具足，人们便传他为罗汉转世。在京城拜名师具足戒，很快便出师独立门户并名震天下。宣宗在潜邸时就经常召见他，请教佛门经典，非常敬服，“改容坐听，击节叹赏”。但这位和尚对宫廷的赏赐坚持不受，宣德年间被召进宫内，也只是在文华殿写字抄经，宣宗称其字比中书大臣的字写得还好。

到了英宗继位，听闻这位法师的大名，也召来一见，“天颜大悦，呼为凤头和尚”，让他在僧录司讲经。这时京西马鞍山寺修建，道孚知此寺乃辽普贤大师（即法均和尚）所建四众受戒之所，就义无反顾请求帮助建寺。他为建寺可谓耗尽心力，“日而不笠，雨而不屐，于是廊庑龙象，焕然一新”。寺建成后，英宗敕谕道孚法师住持在此，讲经授戒。

景泰七年（1456）夏六月十日，道孚法师饮食毕，趺坐沐浴，更衣升堂，给众弟子留下最后偈语作为告别：“昔本不生，今亦不灭，云散长空，碧天皓月。”随后端然而逝。

以上胡濙这幅碑文的内容，从《日下旧闻考》得来，其中有两处与后世相传稍有不同。其一，道孚别号应为“知幻”，来自《圆觉经》：“善男子，知幻即离，不作方便；离幻即觉，亦无渐次。”胡濙撰文的这统石碑现仍在寺院，碑额清晰，的确是“知幻大师”。另一处，英宗唤其“凤头和尚”也似有疑，不知为何意？而后世称其“鹅头和尚”，寓意痴迷佛法，倒是比较合理。

嘉靖年间，寺院又进行了一次大规模修缮，几乎是重建了。我们今天看到的戒坛，便是此次重建而成的。戒坛设于西北院，为高 3.5 米的汉白玉方台，雕刻精美。

环坛雕刻 113 尊一尺多高的戒神，坛上供奉释迦牟尼坐像。像前有 10 把雕花木椅，即和尚受戒时“三师七证”的座位。该戒坛与杭州昭庆寺、泉州开元寺戒坛并称“中国三大戒坛”。而高僧授戒要得到皇帝的敕谕，这是法均和尚开创的先河，明清循之。

戒坛大殿正门上方高悬漆金大匾，上书“选佛场”三个大字，据说为袁世凯手书，但不见落款。据明人孙国敉《燕都游览志》的记载，当时的殿额就是“选佛场”。殿内天花板为金漆彩绘，正中是一个“斗八藻井”。藻井内分为上圆下方两个部分。井口内壁雕有许多小天阁，每阁内都雕有佛龛，龛内供金装小佛，宝相庄严。殿内横枋上挂有乾隆手书——“树精进幢”金字横匾，内侧挂有康熙亲笔——“清戒”匾额。

清时，康熙、乾隆两朝对戒台寺贡献最大，对部分殿宇进行过重建，但格局未改。

四、千年古树，见证变迁

康熙和乾隆为戒台寺留下不少笔墨。除了戒坛大殿里的横额，乾隆还御制过两首诗，最有趣的是为一棵叫“活动松”的老松写了一首诗。据说此松“牵一发而动全身”——拉动一枝整个树都会摇动，乾隆每次来必作为一道玩乐项目。

康熙还留下御制石碑一统，细读内容，为一则警民安僧的告示：

> 都城之西有胜刹曰万寿禅寺，实古迹道场，天下僧俗受戒之处。正统年间鼎新修建，仍旧开立戒坛，导诱愚蒙，使皆去恶为善……近被无籍军民人等牧放牛马，砍伐树株，作践山场，又有恃强势要私开煤窑，挖通坛下……今后官员、军民、诸色人等，不许侮慢欺凌，一应山田园果林木，不许诸人骚扰作践，煤窑不许似前挖掘。敢有不遵朕命，故意扰害沮坏其教者，悉如法罪之不宥。故谕。

也就是说，在康熙十五年（1676）前后发生了滋扰寺院的事件，康熙遂下令保护此寺，不许骚扰，更不许在附近挖煤。

无独有偶，200 多年后进入民国，北京政府徐世昌大总统也在戒台寺立下一统申明保护寺院的石碑。起因同样是有人开矿，挖到了戒台寺，令僧人们非常不安，便诉至官府，案子最终判定不许侵害寺院范围。徐世昌所撰碑文洋洋洒洒，文采飞扬，讲述了寺院之殊胜历史，告诫人们应该保护。立碑时间为“中华民国十年十二月”，徐世昌尚在“中华民国大总统”位上，落款却以“天津徐世昌”的名号，不知那些挖煤凿坑的家伙是否会忌惮？

从康熙和徐世昌两统石碑的内容来看，马鞍山一带居住者增加很多，毁坏山林、私挖矿藏的现象时有发生，戒台寺已不再享有深山丛林的宁静。它的地理位置不如潭柘寺深远，今天，沿京昆高速在苛罗坨桥向南转弯盘上马鞍山，未几，即可抵达寺院。从寺院平台向下眺望，高楼森立，如大地上密密层层的铆钉，那是门头沟镇的连片城区。人类活动空间膨胀，已令寺院的清净气氛受到挤压。明清时期浑河（永定河）壮丽流淌的景象已不复存在，只有城市，在一步步逼近山林。

寺院还是那所寺院，但土木砖瓦换了一批又一批，平均一两百年翻建一次。1957年，戒台寺被列为北京市文物保护单位，1980年，政府拨款对戒台寺进行了为期两年多的大规模整修，并请僧团入住。此番再上戒台寺，赶上千佛阁竣工，工作人员告知殿堂建好了，佛像正在制作。一俟千佛阁完美出世，则整个寺院便非常完整了。

这次重建千佛阁顺便把隔壁的原奕䜣牡丹院翻新了，进门处便堵着一尊奕䜣坐立像，像个影背墙，好是突兀。我怎么看这六王爷的雕像怎么别扭。其实按照他留下的照片直接塑来便好，有股子执拗的硬气，我称之为“聪明傻”。而这尊像，纠结着落魄的凄苦，似笑非笑。虽说叫“牡丹院”，但今天这里已成了一处喝茶聊天发呆的消费场所，点缀着一小排牡丹花，不枉一个念想。而百多年前奕䜣种植的牡丹后代已移至东侧塔院，与丁香、古银杏、古松柏为邻，由西向东望过去，法均大师的灵塔与衣钵塔便在牡丹盛开的尽头。花香阵阵，古塔悠悠，蓝天白云下令观者今夕恍惚时空迷离。

现在寺院还开发了一个娱乐项目，就是在大平台上悬起一口大钟，游客可以交钱去打钟听响，说是敲钟祈福。早先，这个位置是地藏殿的钟亭，的确有一幢“幽瞑钟”，专属地藏法会使用，应该是半夜三更打钟的。那时，钟声自黑暗而来，是为超度在幽冥地狱受苦的众生，钟声雄浑宏阔，可以传遍半个北京城，据说在 40 里之遥的阜城门外八里庄都能听见。这是震荡阴阳两界众生灵魂的声音，闻者无不心生畏惧。而现在这口钟是从戒台殿前搬来的，是法师授戒时所敲之钟，因百余年来授戒戒台已疏于使用，这口授戒钟就被搬来供游客娱乐了。

曹寅曾写诗名曰《马上望戒坛》：“白云满山谁打钟？马首西来路不逢。据此相看如一梦，因缘还欠戒台松。”诗里提到打钟，更提及戒台寺的松柏因缘。在畅春园丁香移植戒台寺之前的千百年里，这里没有丁香花，只有古树遒劲。而最早的古槐树据说为法均大师亲手种下。另有环抱法均灵塔的抱塔松也有千年树龄，是法均师父弘法之时所植。虽说土木建筑变来变去，但戒台寺这些辽金以来种植的古松见证了千年变迁。后人给它们起名自在松、卧龙松、抱塔松、九龙松，龙松、凤松、活动松（乾隆的娱乐树），饱含崇敬之意。从法均大师到道孚法师，以及历朝历代帝王将相、商贾名流，人的肉身和建筑都可以坏灭，而这些松树却经历无数寒来暑往，见证生命的无常真谛。

每间寺院都是一本史书，而戒台寺的千年古树便是见证因缘的页码。

2017 年 5 月 19 日

于万柳

明朝的“玄奘”

一

我曾在一篇小文里，对大觉寺传言的所谓“迦陵和尚塔”提出过质疑。“迦陵和尚塔”的由来缘于乾隆《御制重修大觉寺碑文》，指称“（僧性音）及圆寂归宗，复命其徒建塔”。《日下旧闻考》也记载：“寺旁有僧性音塔。”后世人便以为这就是乾隆朝出资建的塔。但人们忽略了一个至关重要的证据，就是这座白塔的南北分别有一棵古柏、古松，古松已死，而古柏的树龄在 500 到 600 年之间。按常理，一定是因塔而有树，因建塔而植树以兹纪念。乾隆年建塔时，不可能可丁可卯找到这样两棵树且空间恰好，就算移来两棵当时 200 多岁的古树也不合情理。

所以我认为大觉寺白塔与清雍正年间的住持迦陵和尚无关，而是为纪念一位明朝初年的法师而建。这位法师在大觉寺度过了人生的最后 8 年，他就是经历五朝，被奉为国师，并加封“西天佛子”封号，身后追谥“大通法王”的智光法师。

乾隆“复命其徒建塔”，也确有为迦陵和尚造灵塔其事。大觉寺塔林分布广泛，坐落于大觉寺周边山林寺院，有南塔林、北塔林 、圣果寺塔院、莲花寺塔院、西竺寺塔院等，如今也是存十毁百，散落于乱石草丛之间。为迦陵和尚造的塔在距离大觉寺南 1.5 公里处，已于 20 世纪 70 年代破坏殆尽。大觉寺白塔也并非智光塔。智光舍利塔应在紧邻大觉寺的西北处西竺寺内，1958 年原址修建小水库，塔被拆除。

我曾认真参观过大觉寺藏经楼里面的“大觉寺历史展览”，展品有迦陵和尚画像、雍正亲王送碑题字等，却没有任何智光法师的资料，只是在综述大觉寺起源部分提及了一次他的名字。相对迦陵和尚较多的记录而言，几乎可以忽略不计。这让我很讶异。事实上，智光法师因为是明朝初期获得皇室最高封号的汉僧，佛法修习高深，加上他住世长久，寿至 88 岁，在当时极受尊崇。“大觉寺”是为他而建，但今天，这位寺院开山几乎已被遗忘。

二

明宣德三年（1428），皇室特意将一间几近废弃的寺院重新修缮，敕额“大觉寺”，以安置智光法师颐养晚年。同时派去礼部百余僧人追随习法，这在当时是京城佛教界的一件大事。智光法师于宣德十年（1435）圆寂后，这个寺转入衰败期，再次从朝廷及民间的记忆中消失。直到康熙末年，雍亲王重新修寺，迎接迦陵和尚入寺住持，该寺风貌基本延续至今。

智光大师曾以佛法之光照耀京城，毫不虚枉这一响亮的法名。他平生贯穿元顺帝及明朝五帝，弘扬佛法卓绝彰显，更是当时引进印度佛教、藏传佛教，弘化汉地的提灯使者，其功绩可以与玄奘、法显等大师同日而语。他没有太多论著或释法之作，翻译的经书也很有限，是一位安静而低调的法师。他精通藏梵经书，修行高深，声望崇隆，培养弟子数千人，影响数代僧团，在中国佛教史上僧伽教育、僧团建设方面地位崇高。他以行者的身份，一生东来西往，行脚不倦，传播法音，同时积极与所到西域国家地区人士接触，三次西行均带回西域使者访明，也是一位外交活动家。

三

明宣德十年多事之秋，明宣宗驾崩，智光法师圆寂，9岁的幼童英宗朱祁镇第一次登基（他在30岁的时候还有第二次登基）。半年之后，老权臣内阁首辅杨荣为智光撰写了《西天佛子大国师塔铭并序》（以下简称“塔铭”）。该塔铭在国家图书馆存有拓片，可惜基本模糊难识，好在有葛寅亮《金陵梵刹志》卷三十二收杨荣塔铭的略本，改名《西天佛子大国师志略》，成为今人考察智光法师生平事迹的最直接材料。另外，明僧释明河《补续高僧传》卷一有《西天国师传》，清乾隆时修《日下旧闻考》卷九十六西域寺条收入曹义、李纶撰写寺内碑文的节略，都是缘于杨荣塔铭编成，可作为补充资料。

根据上述史料，智光法师俗家姓王，武定州庆云人（惠民县），生于元顺帝至正八年（1348）。15岁辞父母出家，落脚于大都（即后来的北京）吉祥法云寺。这时是元朝末年，离朱元璋明朝建立还有五年。就在他出家的第二年，因缘际会，他与人生中最重要的导师——“板的达萨诃咱释哩”相遇，并结下师徒缘分。

“板的达萨诃咱释哩”是梵名，又被称为具生吉祥大师，是一位从西方天竺远道而来的高僧。“板的达”

是尊称，指通晓五明的僧人，可见他通晓五明经律论；“萨诃咱释哩”在汉语里的意思是“吉祥”，所以《补续高僧传》记他为“具生吉祥”。他出生于中天竺迦维罗国刹帝利家庭，最初研习大小乘藏，但发现语言经文非究竟法，继而放弃研习，到雪山深处禅定，历经12年得奢摩他证。在元朝最后的岁月，他因向往文殊菩萨的道场五台山，发愿瞻礼，故“振锡而东”渡印度河，过突厥地，途径今天的新疆库车、高昌、吐鲁番等地，历经四寒暑抵达甘肃。就在他越来越接近五台山的时候，元帝听闻有高僧自西来，便直接将他接到大都法云禅寺探讨佛法。有两种说法，一种说法是元顺帝虽然隆重接待了萨诃咱释哩，但话不投机，并不契合；另一种说法是元顺帝接受了他的灌顶。但令人蹊跷的是，在元朝最后四年中，萨诃咱释哩一直没有获准朝拜五台。是元顺帝阻止他，还是乱世烽火的缘故？四年时间，他只有夙愿在心，南望五台。但正是这个机缘，使得同在法云禅寺的年轻僧人智光可以依止其门下参证修学。根据记载，智光聪慧过人，有着超凡的学习能力，读书过目不忘。跟随萨诃咱释哩很快习得梵语，精通了梵文经典和仪轨。

又过了两年，明朝建立后的洪武二年（1369），萨诃咱释哩终于得到机会朝拜五台诸山，“感文殊现相”，而此时，智光作为萨诃咱释哩的得意也是得力弟子，侍奉师父左右，驻锡寿安寺五年，“恒山之民率从师化者甚众”。

这时候，萨诃咱释哩的威名也传到了明太祖朱元璋的耳朵里，他很是好奇这位西天来僧，便将他们师徒招至应天蒋山（现南京钟山）接见。朱元璋本身也是小僧人出身，对佛教三宝自有敬仰，可以想象他对萨诃咱释哩的佛学造诣定是钦敬不已，而且西天来的僧必是带着真经。智光法师经过几年的随师精进，也取得了相当的成就，以梵语诵念读写经书都不成问题，故朱元璋命其翻译萨诃咱释哩著述的《四众弟子菩萨戒》。该译本“词简意明，众所推服”，显示了智光法师极高的语言理解及表达能力，成为沟通天竺法师传播佛法于东土的汉僧翘楚。这样的人才在当时非常稀少，也为智光后来的三次西行播下因缘。

智光之所以成就为一位伟大法师，一是得益于与萨诃咱释哩的师徒因缘，学到精深的佛教学问，二是因为他住世时间长，活得久，教化弟子众多。他并没有那种能让善众立刻折服皈依的神通力量，如面貌奇伟，或口若悬河，震慑心魄；他一如无形的清风，和缓的溪流，令法音绵延不绝，以佛法内在的力量沐浴道场，弘化众生。他陪侍萨诃咱释哩十余年期间，也历练了不辞辛苦弘法传戒的“堪忍”精神，总是可以去做持久忍耐的事情。

萨诃咱释哩用其后半生完成了五台朝拜、东土弘法等大任，他品德高贵，清高自洁，“如古佛出世”。释明河《补续高僧传·卷二·具生吉祥大师传》，对其东土生涯有生动描述，说他容颜安详，不愧修行止观的师父，令见者内心融化，民众风雨无阻前来皈依。他不接受任何世俗华丽娱乐，也不关注众多的供养施舍，他总是说，自己没什么大的作为，一切只为培养“悲敬二田”。这些品德几乎被智光悉收。洪武十四年（1381）春天，萨诃咱释哩提出再赴五台山，这时他足部生病，行动不是很方便了。朱元璋知道后很是疑惑，以为老和尚有假托之词，就应允了。到了五月，老和尚感到大限已至，招弟子于左右，问：“今日五台之行，有能从我者乎？”包括智光在内的弟子跪地恳请陪护，但老和尚叹了口气，抬起患病的脚说：“汝无这一足，安能从我？”这是一句谢世禅语，振聋发聩。弟子落泪请老和尚垂训佛法，萨诃咱释哩举起佛珠丢下，叹息一声坐化往西。

四

在老师萨诃咱释哩圆寂一年后，智光法师写成萨诃咱释哩的传记，曰：《西天班的达禅师志略》（收录于《金陵梵刹志》卷三十六），并拜托僧人释来复作《西天善世禅师班的达公塔铭并序》（收录于旧本静嘉堂文库藏抄本《蒲庵集》卷六）。智光与底哇答思（东印度人，随萨诃咱释哩入中国）作为他的衣钵嫡传，成为当时修学印度佛法的带路人。

智光法师对老师的继承之一，就是远行寻法取经，与老师方向相向。萨诃咱释哩是渡过印度河走今天的中亚、新疆、甘肃一线，东行来到中国；而智光是向西而行，前往老师的故土，寻找佛法真谛。

智光第一次西行，应该是从当时的明朝国都应天府出发，时间是在洪武十七年（1384），由朝廷指派前往西天天竺。这一趟艰险行程没有详细记录，但一去就是四个春秋，如同他老师的东土之旅。智光走的应该是商人旅道，其中包括茶马古道，下川藏，从今天的聂拉木县樟木镇入境尼泊尔（彼时称“西天尼八剌国”），即沿着雅鲁藏布江谷地西行攀上高原，再南转下行。这条路我也走过，但那是乘着现代交通工具越野车一路狂奔。那里是世界屋脊，荒凉、缺氧，人力无法改变其自然环境，只是离天空更近，令过路者茫然惶惑而心生敬畏。这是何其艰难的征途！那是600多年前的青藏高原，冰天雪地，难以想象靠脚力行走的和尚是以怎样的惊人毅力完成跋涉。

那也是佛光四射的山谷。在智光法师抵达尼八剌国的时候，他发现，加德满都谷地还存在另一小国——“地涌塔国”。该名称寓意大地荒莽，佛塔涌现，呈现出一种巨大力量的画面感，如《法华经·见宝塔品》所说：“尔时佛前有七宝塔，高五百由旬，纵广二百五十由旬，从地涌出，住在空中。”那时的天竺国印度佛教已完全衰落，中天竺佛寺几近毁坏，大量僧人向北进入狭长的加德满都谷地。也就是说在智光到达之时，西天的佛教基本是在喜马拉雅山脉南麓保留，有许多西藏僧人也在这里习法修行。

智光这次出使西天是带着大明帝国的使命而来，是国家使者，所以带来一堆好面子的大明朝送来的礼物。天竺国既已毁佛，他索性滞留尼八剌国广宣佛法。据杨荣《塔铭》载：“至尼巴辣梵天竺国，宣传圣化，众皆感慕，已而渴麻易菩提上师，传金刚里坛场四十二会。礼地涌宝塔，其国敬以为非常人。”智光在这里完全没有语言障碍，他的弘法折服了众生，并得到当地人的礼敬。

四年后智光归来。这四年的时光，想来他是一路走，一路也探访了各地的佛教情况。因为后来得知，智光掌握了藏语，可知他定是在经历藏地时学习的。这次西行成果丰硕，据《明实录》洪武二十年（1387）十二月庚午条的记载，智光除了带回尼八剌国使者，还有乌思藏（今西藏）、朵甘（今青海东部）等地也一起派送了使者进贡顶礼。朱元璋见到此景龙心大悦，拿出厚重的礼品，命智光再次西使还礼，可以想象大明朝有着多么强烈的了解外部世界和扩张王土的渴望。可以说，智光法师不单纯是宗教使者，他广泛游历，南至今天的尼泊尔，西至今天的西藏、青海、四川等地，拜访各地由朝廷任命的藏人管理者及僧官，起到了中央王朝对边远番邦的“抚喻”效果，拓展了明王朝与外部世界的联系，发展了与西藏地方的政治宗教关系。

智光的第二次西行没有确切的时间记录，文献记载的是：“比还，再往，复率其众来朝。”应该是第一次出使后很快再次前往西天，推测为洪武二十一年至二十二年之间（1388—1389）。而这次轻车熟路，往返只用了一年时间，但他还是远及尼八剌国，于洪武二十三年（1390）带回了包括尼八剌国在内的十四个政权的使者朝拜大明朝。可以说，朱元璋对这种四方朝拜过于享受了。

第三次智光西行没有再到尼八剌国，而是深入乌斯藏，迎接大宝法王葛哩麻。此次出使已是永乐初年，这之前经历了明太祖撒手西归，建文帝大统被燕王朱棣推翻，改元永乐。朝代更迭，和尚还是和尚。

朱棣被《明史·成祖本纪》吹成：“雄武之略，同符高祖。六师屡出，漠北尘清。至其季年，威德遐被，四方宾服，受朝命而入贡者殆三十国。幅陨之广，远迈汉唐。成功骏烈，卓乎盛矣”。而他笃信佛教，信任姚广孝这等僧人，对智光也是久仰盛名，敬羡其高深的佛法造诣和远走西天的经历。在永乐年间，他多次召见智光。《塔铭》记载：“文皇帝嘉念其往返劳勤，复与论三藏之说，领会深奥，大悦之。乙酉永乐三年，擢僧录司右阐教，明年永乐四年，俾迎大宝法王葛哩麻，及还，敷对多所毗赞，赐图书舆图法供之具，诏居西天寺，升右善世。”从这段记录可知，朱棣与智光和尚讨论三藏甚为投机，在永乐四年（1406），又特命智光去藏地奉迎大宝法王葛哩麻，这便是智光的第三次西行。西行归来后，朱棣任命智光担任“右善世”，这是宗教事务管理方面的官职（官阶在僧录司排第二位）。这一年，智光和尚已经57岁，但其资历与语言优势是前往藏地奉迎法王的不二人选。

智光的一生没有机会抵达他老师的故乡中天竺，这也许是他终身的遗憾。

五

永乐十五年（1417），智光法师奉命回到北京，住锡崇国寺，再次蒙朱棣召见。这时距永乐王朝迁都北京还差四年，可以想象，北京正在为打造一个全新都城而热火朝天地营造建设。永乐二十二年（1424），也就是朱棣迁都北京后的第四年，朱棣远征蒙古时死于榆木川的战帐中，智光法师与永乐皇帝的缘分就此终结。

继位的明仁宗朱高炽是一位“十月皇帝”，掌权未满一年而亡。他也非常尊崇智光，称智光“克光扬于佛道，式敬事于朝廷”，特封他为“圆融妙慧净觉弘济辅国光范衍教灌顶广善大国师”，赐予金印、冠服、伞盖、幡幢、车马以及供器等，让他住锡能仁寺。

明宣宗朱瞻基当政之年（1425—1435），智光已入耄耋之岁，但依旧培养弟子及道场弘法论经。当时北京有所谓“西天僧”僧团，智光与其关系密切，且追随他的不少徒弟本身即是南亚人。宣德三年（1428）宣宗奉太皇太后谕，在京师西北景致幽深的旸台山（即今日阳台山），将金代清水院故址上已凋敝的“灵泉寺”重新翻修，更名为“大觉寺”，让智光移居这里颐养天年，并指派了百数僧人随其习法。

宣宗于当政第十年的一月驾崩，同年六月，智光法师圆寂。智光自元顺帝时跨入佛寺丛林，一直迈入明英宗朱祁镇即位，在当时北方佛教界里无论资历、学位、人品，无人能出其右，声誉达到了人生的最高峰。英宗即位，立即加封他“西天佛子”，但他的生命也就在此刻结束了。

在智光法师圆寂后二十二年（1457），世事变迁，英宗再夺王位，从一不明就里的懵懂小童，历经人生起落，于三十而立之年变成一位仁慈的君王。他便愈加怀念法师，特请人为智光画像，并在画像上题词，两年后又追谥智光法师为“大通法王”。这类封号除非是赐予藏地佛法大师，在汉僧中绝无仅有。

我一直奇怪，在洪武年，智光法师两次出使西域并被朱元璋指定翻译梵文经书，但皇帝给他的僧官与他的功绩不符，这是智光的内敛退却造成的吗？他本着忍辱知足的精神在蒋山跟随老师专注修行，并未被世间之事烦扰。而那一期间，朝廷发生过两次大的僧人卷入政治的事件，如洪武二十四年（1391）秋，朱元璋命礼部清理僧道，借口僧人中有人结交前宰相胡惟庸谋逆，兴起大狱，杀掉64名僧人。此时智光在南京居住已近二十年，不得已结识的权贵必定是有些，但他因谦虚低调，只是默默专注佛法，幸而未被卷入政治灾难。智光最大程度退却寺院，保全了他可以继续修行佛法、传经授戒的根本大体。

佛家重视高僧舍利，关于智光舍利的安藏也有记录。智光享年八十有八，僧腊七十有三。坐化后三日入龛，又三日掩龛，举体柔和，容貌如生。智光法师的荼毗仪式在当时是一件轰动京城的大事，明英宗特委派西藏“大慈法王”、宗喀巴大师弟子释迦也失亲临现场主持。释迦也失诵经说偈，并亲手点燃薪龛，顿时“智火迸出，五色光明，化毕，骨皆金色，舍利盈掬”。

当时的荼毗之地在今日京城阜成门附近。荼毗之后，部分舍利由其弟子分别建塔建寺宝藏。阜成门这个荼毗地建立了一座叫西域寺的寺庙，因有三塔，俗称“三塔寺”，由智光弟子住持在此并保藏舍利，至清朝乾隆年间既已颓圮。据《日下旧闻考》记述，彼时，西域寺只有几个破门框尚存，两块碑石，一为曹义撰《西域寺碑》（正统十年即 1445 年立），另一块为李纶撰《西域寺重修碑》（弘治十七年即 1504 年立），但三塔尚存二塔，另一塔已废。碑记都确认了在此智光荼毗地建有西域寺，弟子将其舍利分藏宝塔。此后，三塔剩二塔的面貌又维持了两百年，直至 20 世纪 60 年代，剩下的二塔才彻底毁掉。西域寺的位置应该在今天北京车公庄大街一带，尚有“三塔寺”公交车站。

英宗在题智光遗像上有如此赞词：

托生东齐，习法西竺；立志坚刚，秉戒专笃；行熟毗尼，悟彻般若；澄明自然，恬澹潇洒；事我祖宗，越历四朝；使车万里，有绩有劳；摅沥精虔，敷陈秘妙；玉音褒扬，日星垂耀；寿康圆寂，智炳几先；云消旷海，月皎中天。

赞词实际上是礼部尚书、二甲进士出身的胡荧代作，文辞洗练精致，明丽俊逸。关于他高洁人品的形容，“澄明自然，恬澹潇洒”并不为过。《塔铭》提及他从不使用仁宗赐与他的仪仗乘舆出入，仁宗遣中人询问缘故，他说他只知道持经守戒之事，没有任何功德辛劳，只有珍藏珍惜皇帝的赏赐，使用了反而增添过失，也就是佛教所言“增加业力”。表面是谦虚之辞，实为向皇帝讲佛法的道理。

智光被誉“负辩才”，那也是在探寻佛法的真理之路上谈经论法。作为禅师，他于世的态度严谨谦虚，而并非以所谓“出世态度”指点人间是非。这也是他之所以可以保全圆满修行大体，为弘法利世做出贡献的独特之处。

六

智光法师人生的最后二十年是在北京度过的，北京是他佛缘的起灭之所。除了他终老于斯的大觉寺外，还有如下寺院记载，让京城的人们有迹可寻。

法云寺　是他 15 岁从山东出家并在此结缘恩师萨诃咱释哩的寺院，寺址与今天大觉寺相距不过十二三里。该寺前身是金章宗时期与大觉寺相继建立的西山八大水院之一——香水院，在元末叫吉祥法云禅寺，今天为清朝醇亲王奕譞的墓地，俗称“七王坟”，位于妙高峰古香道旁。

崇国寺　永乐十五年（1417），智光法师奉诏回京，住锡崇国寺，即今天的北京西四北大街护国寺，护国寺内原有《大国师智光功行碑》一座。今天的护国寺只是以熙熙攘攘小吃一条街闻名罢了。

能仁寺　为褒奖智光“克光扬于佛道，式敬事于朝廷”，明仁宗让他住锡大能仁寺。寺址在今天南起兵马司胡同、北至砖塔胡同一带，清朝时该寺变成了一间道观。该寺现已不存。

开元寺　智光住锡大觉寺时，在往返城里与寺院之间的途中爱上一片有河滩的地方，便出资修建了一所寺庙，皇帝赐额“开元寺”。历史上北京叫过“开元寺”的还有现今圆明园里面的“正觉寺”，但智光法师与这个寺院无关。智光修建的“开元寺”，地点应在今天海淀黑龙潭附近的白家疃，白家疃是白家滩讹传而来。依据是《日下旧闻考》中的记录：“开元寺有明碑二：一太仆寺少卿安成李纶撰，弘治六年立……李纶重修开元禅寺碑略：开元寺距都城五十余里，金山口之西，玉河乡之原。旧传唐开元年所建，基址尚存。永乐中，西天佛子大通法王智光上师遭际列圣，赐予甚厚。宣德戊申，奉命兼往大觉禅寺。往来憩息此地，爱其土厚水甘，风气攸萃，意图兴创，出己资，命工市材建立，仍请额为开元禅寺。”这个寺院后世没有记录，猜测是在雍正八年（1730）那次京城西郊大地震中毁灭，那次地震带从香山一直绵延到今天的回龙观，白家疃正在地震中心。而乾隆期的《日下旧闻考》只有对明碑的描述，估计寺院已经塌毁。

西竺寺　这个寺院是智光离世后修建的。原本智光住持大觉寺时在寺院附近修建一塔，他圆寂后在这座塔基础上扩建成一间新的寺院，明英宗赐名曰“西竺”，一为智光建舍利塔故，二为安置当年追随智光法师的众多外籍僧人。按照曹义《西域寺碑》中的记载，其主体骨殖在西竺寺内建塔葬之。

包世轩先生《揭开大觉寺内喇嘛式僧塔之谜》一文提到：“民国早期，周肇祥对大觉寺一带智光国师西天教僧团史迹有记录：智光国师舍利塔，建筑于西山大觉寺东部（按：周肇祥方向记录有误，应为“北”）西竺寺内，显然是其圆寂之后所建。又下为大通法王塔，高约六丈，西番式，坚固完满。塔前左为天顺五年（1461）碑，右为同年建安杨荣撰塔铭、东吴夏昶书、广平程南云篆额。”可惜我尚未查到周肇祥的第一手资料，但杨荣所撰塔铭的拓片现保存于北京图书馆善本部。如今传说中位于大觉寺北半山的所谓“西竺寺遗址”，在1958年兴建了小水库之后仅剩散余石碑和一些小型覆钵式灵塔。

再次回到本文开头提及的大觉寺白塔。现在寺院管理方出于谨慎，没有立说明。有一种可能性是智光法师为纪念他的恩师萨诃咱释哩而建，未及建成则离世，故没有任何塔铭说明缘由。这种推测还是跳不出后世人们对有塔必有缘由的思维模式。或许，这就单纯只是佛塔一座呢？我相信生命最后8年的智光法师修行高深，参透世间，怎会住相于一塔之色、一塔之名呢？佛塔就是佛塔，菩萨无住相于佛塔。“凡所有相，皆是虚妄”。世人执着于名相，是佛界之外的思维定式。

智光临终前日颂偈辞：“空空大觉中，永断去来踪。实体全无相，含虚寂照同。”这个偈子令我反复诵读。如此高僧大德在最后的刹那一语喝破了娑婆世界之空，点燃了莲登彼岸之灯。高僧就此远去，“永断去来踪”。

2015年12月10日

于万柳

老北京人如何准备过年

丁酉年春节快要到了，我家附近上点档次的酒楼包间天天爆满，人们急匆匆地进行各种节前社交聚餐。我也参加了几次，发现跟过年、年味儿毫无关系。席间给我深刻印象的有两种人，一种是各种志得意满，譬如发财了，股票上市了，提了职称，升了官职，获了个行业奖项；另一类人，则弥漫着中产阶级式的焦虑，譬如居住在没有更多好学校的朝阳区，为了锁定学籍要去好学区买房子，但西城区动辄上千万的狭小破旧、环境缭乱无序的所谓学区房，让他们陷入各种愤怒与不平衡。再有就是各种环境污染、食品与水的不安全等。他们继而谈到逃离，谈到移民。

是的，丁酉年即将来临之前，得意的人想着更大的腾达，焦虑的人向往另一片乐土，而春节、过年、年俗，是个无所谓的事情，都是老套，不合时宜，不解决当下问题，就像是尘封的老画片、老古董。

但在已成为过往的上一个丁酉年，以及那个丁酉年以前的很多很多年，京城老北京人过的“年”，都是一次次盛大而隆重的仪式。

老北京人过年是从进入腊月开始的，从那时起到除夕，整个城市都会笼罩着一种激动的氛围。

腊月初八一过，过年的节奏就更加紧凑起来，年货的采买正式开始。甭管是穷人还是富户，劳作一年的人们总是不惜在这个时候开始集中花钱消费，以期过个“肥年”。民谣曰：“糖瓜祭灶，新年来到。姑娘要花，小子要炮。老头儿要顶新毡帽，老太太要件新棉袄。”就是催促大家快办年货了。

清末民国时期的京城，庙会是集中购买年货的场所。京城的几大庙会是大而全，杂而热闹，吃穿用度日用百货，只要你能想到的，都可以在庙会的各式摊档上找到。采买年货被称为“置办年货”，是每个家庭一年里最重要的一次大花销。那时候，庙会就像个大超市，只不过是顾客与卖主一对一讨价还价地交易，买主也可以货比三家，一个庙会逛下来，基本可以买齐所需年货。

庙会的“妙”，就在于一个“逛”字。逛庙会自有不凡的乐趣。那是一场盛大的人际往来、钱货交易的盛会，贫穷枯燥的日子仿佛被丰富多彩的物品，被形形色色的人们，被一片片喧嚣而祥和的声音暂时掩盖了。

接着民谣曰：“小孩儿小孩儿你别馋，过了腊八就是年。腊八粥，喝几天，哩哩啦啦二十三。二十三，糖瓜粘……”

从腊月初八到腊月二十三，各家都是忙着采买、缝纫浆洗，或者了结年前该办的事项——旧事不过年。腊月二十三，是灶王爷升天向玉皇大帝禀报凡人善恶功过的日子，那一天，各家必是要一本正经地祭祀灶王。在民间看来，灶王是观察凡间各种罪过的神明，受玉皇大帝指派来监督百姓家庭，是玉皇大帝的耳目。灶王爷不仅掌管家庭厨房之事，也兼管家庭内外日常事务，所以民间对其很是敬畏。“祭灶”习俗不仅有祈求原谅过失罪过的含义，更有请灶神保佑子孙兴旺的愿望。清代后期，灶神已逐渐变成掌控人间福祸、决断凡人生死的大神仙。

那时，家家户户的灶壁上都贴着灶神像，那是一张木版水印神像，出自天津杨柳青画匠之手。神像两边贴着“上天言好事，下界保平安”或者“二十三日去，初一五更回”。

老北京的习俗是腊月二十三送灶王爷归天，言说人间善恶事，除夕夜再迎接回家。祭灶是男人的事，女人不出现。男人要念诵祷词，无非就是请灶王爷多说好话，不好的事避过不谈，并奉上供品：关东糖、糖瓜、南糖，另备凉水一碗、草料一碟给灶王爷的坐骑。祭毕，将关东糖往灶头上一抹，意思是把它抹在了灶王爷的嘴上，这样灶王爷说给玉皇大帝的话就会是甜言蜜语。祭祀完，将旧的灶神像揭下来，连同纸钱、草料一并焚烧，以示送其远行天宫。

给灶王爷的供品里一定要有又甜又黏的食品，这就是关东糖、糖瓜和南糖。糖瓜是北京本地“糖行”制作的一种甜瓜或北瓜模样的糖，分有芝麻的和没芝麻的，里面是空心。关东糖本来指东北那边生意人带到北京的一种糯米做的硬糖块，非常坚硬而细腻，摔都摔不碎，要用刀砍。后来关东糖改由京城商人自己制作，便是今天还可以见到的一种甜中带点酸味的条形麦芽糖。咬一口，脆裂开，横断面像是蜂窝。一声嘎巴脆后，便是牙齿、舌头与麦芽糖甜蜜的纠缠——黏牙，正因如此，孩子才能将其充分咀嚼、品味，充分享受那味觉与口感。在那些贫穷的日子里，小孩子手里攥着的关东糖，简直是人间美味，在他们心目中，这就是世上最甜的糖果！即使是因手心发热而沾到手上的糖粉，也会毫不浪费地舔干净。

灶王爷升天了，人间可就“造反了”，过年的节奏开始进入倒计时。民谣继续曰："二十四，扫房子；二十五，炸豆腐；二十六，炖羊肉；二十七，杀公鸡；二十八，把面发；二十九，蒸馒头；三十晚上熬一宿，大年初一扭一扭。"

腊月二十四的扫房日很有仪式感，人们把各种日常摆件、瓶瓶罐罐、锅碗瓢盆都从屋子里搬出来，像一场炫富秀，但如果家里没啥家什，就不好意思大张旗鼓了。赶上老阳高照、暖洋洋的无风天，女人孩子们就坐在院子里说笑擦拭，寓意洗掉旧年尘埃。而男人或者家里的半大男孩子则要干些登高的体力活，拿着长鸡毛掸子清扫房间的顶棚角落，将房屋里外打扫收拾一番。这项活动很像今天机关学校定期进行的集体打扫卫生，具备群体性，一家人欢欢喜喜弃旧迎新。

打扫时，各种贴字贴花就是顺带手的了。北京人喜欢贴窗花，挂灯笼，贴福字、春字，贴春联，贴年画，年画以胖娃娃、五谷丰登、喜鹊登梅等有吉祥寓意的图案为主，基本也都是来自杨柳青的画作。

而厨房这时会进入一年里最为香飘四溢的时段，这也是家中女人最为劳累的时候。听老人说，腊月里的女人简直要累掉一层皮，累得直不起腰，过个年老十岁。以老北京的习俗，刚进入新年时忌讳动刀和剪子等利器，忌讳蒸、炒、炸、烙（与争、吵、诈、落谐音），认为这些都是不吉利的，所以所有的过年饭菜要在年前准备停当。各家的厨房简直就是昼夜不息，不时有各种饭菜香飘四邻。

年饭的制作也有一定程序，这主要由各家主妇按照自家传统掌控。一般来说，肉菜是一大类，炸货是一大类，最后主食是一大类。

肉菜无非是鸡鸭鱼肉各种烧与炖，这些是年菜的硬菜、主菜，要充分准备。譬如烧肉，除了红烧肉块、排骨，还要做很多切成大块的酱货，便于储备。有些家庭还会做一些原先老家的吃食，比如老家在河北保定一带，会做一种叫焖子的吃食，做法很像今天的香肠粉肠一类，当时算穷人家解馋又充肚子的食物。将地瓜粉掺进粉条和少许肉末，加上五香粉等提味香料，调成半糊状，摊铺在屉布上隔水大火蒸。随着五香混合着肉香的味道四处飘扬，小孩子们便眼巴巴在一旁吸溜着鼻子盼着出锅。等下屉了，大人会先用刀拉下一条，孩子便雀跃地抱着热腾腾的焖子边吃边玩去了。这个吃食，肉很少但有肉香，配合地瓜粉与粉条的筋道，口感和味觉都不错，可以热吃也可以做成凉菜佐酒，是地道的北方乡村的味道。这种食物很令人感动，它虽然原料简单，但香味美妙，自有一种盎然的乐观主义精神。

说起佐酒凉菜，还有两种老北京特色凉菜值得在此一记。一种叫“豆儿酱”——由肉皮、豆腐干、黄豆、青豆等制成，色如琥珀。另一种叫“芥末墩儿”，是用芥末粉、白醋等腌渍白菜心。这两种凉菜都是廉价而美味的佐酒小吃，是年夜饭里必不可少的。

炸货不可或缺的是炸豆腐、炸丸子、炸排叉儿、炸油糕，如果是清真还有炸馓子。清真年糕是蒸制的，北京人叫“撒年糕”，也是老北京一大特色吃食，牛街清真店铺做得最好。不同于南方人的水磨年糕，清真年糕是用黄米面和江米面制作，一黄一白象征金银满堂，上屉蒸时会撒上一些蜜饯果脯辅料，所以叫“撒年糕”。这种吃食香甜可口，可做主食，更多时候做零嘴。

北方的主食就是各种面食了，馒头、花卷、糖包、豆包、肉龙。年夜饭的主食要蒸上好多屉，手巧的女人会将面食捏制出各种形状，点上红点。比如把豆包做成刺猬状，镶上俩豆子做眼睛，脊上用剪刀剪出刺猬的刺。巧手做面食体现了旧时北方妇女的艺术天分。

那时候没有冰箱冰柜，这三大类食品尤其是肉食如何保存呢？一般人家都有一个没有笼火的小屋子，里面摆满大缸。做好的食物下缸，盖上木头盖子还不够，往往还要压上重物，如石头，怕耗子偷吃。这种小凉屋子窗户也要钉好，以防猫儿窜进去。那时候冬天更冷，食物可以保存一两个月。

在这七天左右的厨房大战中，女人简直是精疲力竭，而男人主要是采买购物，写春联贴春联，对外打理一些要结清的事务，算计过年期间的人情亲戚往来用度。总之，那时代作为家庭顶梁柱的男人在这几天主要是指挥者和策划者，操心居多，操力不够。

到了除夕这一天，半下午，街上就没人了。中国人讲究合家团圆吃年夜饭，他乡游子这时候也回到了温暖的家。老北京也是太重视这一年一次的团圆饭。吃饭前最隆重的仪式是祭祖先，要在祖宗牌位和神仙牌位前摆放丰盛的供品。中国人总是在这些重要的节日慎思追远，不忘根本。很多人家在这晚会大门敞开，认为祖先会在这个时刻回家，神仙也会在此时光临。守岁的含义包括对诸神与先人的敬畏，即使是小孩子也不能早早入睡，更不能尿炕，那会冲撞得罪神仙的。

祭祀完毕，一家人就可以享用丰盛的年夜饭了。这便是主妇们用一周左右时间准备的各种硬菜，鸡鸭鱼肉七碟八碗热腾腾的摆上桌。鱼是必须有的，而且必须是鲤鱼，寓意为“吉庆有余”“鲤鱼跳龙门”。

老北京讲究的家庭年夜饭要“四四见底”：四凉菜——芥末墩儿、炸咯吱、肉皮冻儿、花生米；四热炒——红烧鲤鱼、葱烧海参、清炒虾仁儿、烩鱿鱼菜；四肉菜——米粉肉、四喜丸子、红焖肘子、回锅肉；四汤菜——烩三鲜、奶汤干丝、玉米全烩、八宝涮锅。传统上不讨厌“四”，反而觉得“四平八稳”很符合皇城根下北京人的中庸平和。在今天，这些菜品显得很过时了，京城只有有限的几家老字号饭庄还有这些传统菜式。

此外家里必须备上糖果、干果、瓜子和北京人称为“杂拌儿”的零食（以果脯为主），放在一个大盒子里，供家人和外来客享用。这种大盒子叫“百事吉利盒”，过年必备。

小康人家会花高价买一些水果，称为“窨货”。当年北京城最大的砖冰窖在德胜门外，字号“伟记”，由鼓楼东面的“义顺长干果铺”经营。各大果行以租用的方式在此储存诸如苹果、梨子、红果、海棠等可以过冬的水果，过年时拉出来，以应年节卖个好价钱。能买得起这些水果的必是讲究人家。

除夕夜家人团坐还有一种重要的吃食要做，就是饺子。饺子不好提前准备，只能现吃现包。老北京人会包些素馅的饺子供神仙，肉馅的自己吃，叫“肉丸儿的”，再紧巴的人家也要在年夜吃上一顿肉丸儿的饺子。

包饺子时，孩子们会跑进跑出，零零散散放些小花炮，北京的花炮指爆竹烟火。清朝末年，“吉庆堂史家”的花炮生意做得最大，因为他家承接内廷的花炮生意，慈禧太后赐予其“官花炮作”称号，并恩准由内府硝磺处向其特供硝磺。每当硝磺处往史家运送硝磺的时候，车上必插着黄旗，上书“恩准官花炮作吉庆堂史”。可惜这家字号后来出了几次事故，炸伤了一些工人，民国后生意就走了下坡。

过年的“年”，在传说中是会吃人的怪兽，它如同死神，来时万物凋敝，把它过掉，则万物更生，大地回春。老百姓过年放鞭炮就是为了驱走“年”。“年”在子时到来，故而子时一到，饺子下锅，鞭炮炸响，天地间欢腾一片。

但烟花绚烂最为热烈的时刻也是落寞弥漫胸怀之际。实际上在此刻，很多成年人的内心已开始平静，轻叹一口气，自视这个年算是过完了。一切激动、紧张、忙累都是为了这一刻的企盼，而旧年已过，新年伊始，生活还将是周而复始，没有新鲜感。成年人走过了几十个这样的迎年之旅，生命的疲惫感会油然而生。孩子们就不一样了，他们简单的心灵就是渴望好吃好玩好热闹，这是对平素乏味贫瘠生活的一次丰厚的补偿。细想想，这便是希望、企盼可以带给人的喜悦。而成年人的希望只会越来越渺茫。

2017 年除夕夜

于万柳

兰陵王墓：壮烈赴死的北齐大将

曾有一首古曲在我国失传多年，它就是北齐时代的《兰陵王入阵曲》。

1992 年 9 月 6 日，这首出世 1428 年的古曲在河北磁县兰陵王墓前供奉演奏，演出者是由日本奈良大学教授笠置侃一率领的日本雅乐团。而该曲的首演当发生在公元 564 年冬天，彼时，北齐打败北周，获邙山大捷，举朝欢庆，能歌善舞的鲜卑官兵即兴表演，赞美他们的英雄将军——兰陵王高长恭的战功和美德，曲调浑厚悠扬，舞姿矫健阳刚，被称为《兰陵王入阵曲》。千年已过，风华飘零，真实的故事与隐约的传说交相糅杂，不仅有信史文字更有歌舞传承。兰陵王身世神秘，命运悲凉，如流星般瞬间滑落夜空，如兰草般败落于短暂花期，令后人嗟叹。

《兰陵王入阵曲》实际上早被唐明皇李隆基摒弃。自北齐经隋至唐，这曲战舞已退变成宫廷歌舞，渐渐娱乐化，柔软婉转，即兴欢娱，失去了武乐的刚烈。在最近热播的电视剧《武媚娘》里，已是女性婀娜多姿的独舞。李隆基认为此舞已毫无兰陵王“指麾击刺”的勃发英姿，定其为“非正声”，下诏禁演，故逐渐失传。但日本遣唐使却将其如获至宝般带回本国。公元749年，奈良王朝女皇孝谦天皇诏令舞蹈名家尾张滨主在宫中表演后，此舞便在日本宫廷及民间流传，千余年来成为日本雅乐。今天在日本奈良，每逢元月十五日，“春日大社”必以此独舞作为首演，其已成为日本古典乐舞的经典。换言之，千余年来，这首北齐歌舞曲已偏安日本，自生自长，有无变异及日本化，很难辨识。

关于兰陵王高长恭之死，令人一般认为与以下四点有关。其一，高长恭貌美，史书记：“貌柔心壮，音容兼美。”其二，高长恭英武善战，因邙山之战解围金墉城，逆转战局打败北周，功高盖主。其三，打了胜仗，鲜卑官兵竟然只歌颂兰陵王，集体舞蹈《兰陵王入阵曲》，让北齐君王高纬情何以堪？其四，高长恭说过错话，把自己不畏牺牲的原动力归结为“为家事”且“家事即国事”，被皇帝忌为僭越。高长恭与当朝皇帝虽同为北齐建国之父高欢的后人，却是两条支脉，武成帝高湛与他是叔侄关系，因此他与武成帝之子高纬是堂兄弟关系，套这个近乎是不恰当的。我初读北齐史时，只以为第四条略为靠谱，但细究起来，还是发现了史家在逻辑上的漏洞。

南北朝北齐（550—577，享国 28 年）的历史记载主要出自唐朝史家李百药撰写的《北齐书》，属二十四正史之一。该书在所有史书中突兀刺目之处在于其毫无遮拦地记录了许多北齐皇族不堪不耻的行为，荒淫残暴，伦常败坏，不可理喻，令人瞠目结舌。有说是唐朝帝业是沿袭隋朝而来，而隋朝传承自北周，这是他们的大统脉络，而北周的宿敌北齐则是这一正统王朝的对立面。所以，唐人李百药写起北齐史便毫无忌惮，什么丑事都抖落一地，甚至几近禽兽的行为也淋漓尽言。

北齐的皇帝，除了开创人高欢寿至 50 岁，以高洋为首的五朝皇帝最长寿的也只活到 30 出头，不是被杀就是自作自受暴病而亡，没有人能心平气和得以善终。如此看来，仅仅受封兰陵王的皇族旁支高长恭能活到 30 岁出头，已算是有一定造化，算不上最惨。

高长恭（541—573），亦名高肃、高孝瓘，是高欢之子高澄的儿子。高澄严明有大略，具备政治天赋，与父亲高欢均为东魏权臣，他辅佐父亲，为推翻东魏建立北齐立下不二功勋。可惜他死在北齐建国的黎明之时，北齐皇位最后落于高欢另外一个儿子高洋之手，其后，高欢的另外三个儿子高殷、高演、高湛相继继位。高长恭生活的时代便是高欢第九子高湛及其儿子后主高纬统治北齐的时代。显然，高澄—高长恭这一支脉离皇位已渐行渐远。

高长恭为高澄第四子，身世神秘，母氏不详。据推测，高长恭的母亲因为身份极为低贱而没有记录。他五弟高延宗的母亲陈氏原本是东魏某王府的家妓，即使如此，其身份也有记录，可见高长恭的母亲连这样的身份都不如，可能是奴隶，也可能是敌国的俘虏。当然，这一切都没有影响他在高澄家长大成人，且文武俱佳，才貌出众，在560年获封兰陵王，成为英姿勃发的北齐战将。

坊间传说这位小王相貌漂亮，且他的美带有某些女性化的阴柔，带兵打仗难以震慑敌军，故而出征交战都是戴着画有狰狞兽面的面具，令人胆寒。但事实上，兰陵王不会戴假面上阵，两军对峙，他戴着假面，自立目标，纯属找死。后世把《兰陵王入阵曲》想象成"北齐大面"，假面舞蹈，神秘而美妙，完全是出于对高长恭美貌与孔武的文艺化想象，同时我也高度怀疑假面舞是舞曲东渡日本后被日本人改造而成的。

邙山大捷，鲜卑兵士即兴载歌载舞，场面欢腾，当时的北齐皇帝高湛定也是喜不自胜，把酒言欢。高长恭凭此役名声大振，确立了他北齐著名战将的地位。但此后，他并无盖世战功，只是兢兢业业为皇家征战奔波，吃苦耐劳。而《兰陵王入阵曲》也没有在北齐获得什么国曲国舞的地位，没有任何相关的记录。我认为，那就是一首庆功舞曲，后被日本人带回日本，在今天又触发了一阵出口转内销式的激动而已。人们仿佛从转回的“内销”的幻觉中，看到了曾经的伟大征战，看到了勇猛、智慧，还有美男子，看到了完美浑厚、雄性十足的巍巍大帝国。

公元 564 年 12 月的邙山大捷是这样的过程：那年冬天，北周武帝派遣柱国大司马尉迟迥、雍州牧宇文宪等率领 10 万精兵，围攻洛阳，洛阳告急。北齐派兰陵王高长恭、大将军斛律光等援救洛阳，并让并州刺史段韶率领 1000 名精锐骑兵南下。段韶率领左军，高长恭率领中军，斛律光率领右军，各路援军在邙山的太和谷同北周军队遭遇。段韶指挥骑兵把敌人打得支持不住，纷纷溃退，许多官兵坠落到山谷里摔死。请注意，当时的北齐是三将齐辉——斛律光、段韶、高长恭，均是著名将领。段韶勇猛无比，斛律光是高欢时代就已成名的战神，为北齐江山征战 20 载，战功赫赫。但这次战争的转折点被高长恭把握住了。高长恭带领 500 名骑兵冲进北周军队的包围圈，到了金墉城（今河南洛阳东北故城）下，因为高长恭戴着头盔，城中的人不能确定是敌是友，直到高长恭把头盔脱下来让大家看到他的面貌，城上的人才军心大振，欢声雷动。他们没想到这位勇猛无敌、深入重围的武士竟是“貌柔音美”的兰陵王，于是立即放箭保护，并里外合力，成功解围金墉。北周军弃营而逃，从邙山到谷水的30里川泽之地，都是北周丢弃的兵器辎重。

上面是史书中的记录，但今天各种电视剧、游戏、歌舞表演等等里面的高长恭均是身穿铠甲，以假面具掩面。假面狰狞可怖，让人不寒而栗，理由还是说他面貌过于俊美而不具威慑力。到了金墉城下，摘下假面，战旗猎猎，西风长啸，美少年绝代风华惊艳战场，好有画面感。可惜这是假的。史书言：“芒山之败，长恭为中军，率五百骑再入周军，遂至金墉之下，被围甚急，城上人弗识，长恭免胄示之面，乃下弩手救之，于是大捷。武士共歌谣之，为《兰陵王入阵曲》是也。”（见《北齐书·卷十一·列传第三》，“芒山”通“邙山”）。这里说得很清楚，“免胄示之面”，“胄”是头盔，不是假面，只是这种头盔几乎遮盖面部，只露出眼睛。北齐流行这种几乎武装到牙齿的装备，一为护身，二为震慑，并不是高长恭为掩饰美貌而戴的什么特别装饰。

高长恭长相出众确定无疑，但北齐高欢的后代，都是高欢与鲜卑女娄昭君的子孙，汉人与鲜卑人混血，美男子辈出，所以相貌不凡者不算稀奇。毒杀高长恭的北齐第五代皇帝高纬也是容貌俊美，史书曰：“帝少美容仪。”毒死高长恭那年，高纬 17 岁，正是韶华美少年，而高长恭已年过 30，在那个时代已属于大叔类。所以高长恭不是死于高纬对其美貌的嫉恨，他也未因美貌昭著于世，惹出蜂蝶狂乱，如卫玠般，被生生看杀。

说高长恭因《兰陵王入阵曲》获得将士拥戴，有功高盖主之嫌而招致皇帝嫉恨，也并不属实。邙山战时，北齐皇帝是第四任高湛，即高长恭的亲叔叔。高湛当时与将士一起庆功，高兴都来不及，对这个亲侄子感恩还感恩不过来，怎么会嫉恨他？他甚至赏 20 个妾给高长恭，虽然高长恭谦让只留其一，可见高湛对侄子的厚爱。且此战之后，高长恭一路加封，未见皇帝与其有嫌隙。而那一年，8 岁孩童高纬，大概还认不清那个英姿勃发的兰陵王堂兄，甚至随着《兰陵王入阵曲》曲终人散，高纬大概一辈子都不知道曾有这么个曲子。

后人认为的高长恭之死因还有他说错话。《北齐书·卷十一·列传第三》曰：“芒山之捷，后主谓长恭曰：‘入阵太深，失利悔无所及。’对曰：‘家事亲切，不觉遂然。’帝嫌其称家事，遂忌之。”这便是后人所说的引后主忌恨的“家事即国事”之说。但我认为李百药的这段记载应属传闻。前文已提到，“邙山之捷”时后主才多大？8岁！小孩一枚！他能说出“入阵太深，失利悔无所及”这样的话吗？如果真有此言，也应为后主之父高湛语，而高长恭的回答“家事亲切，不觉遂然”也算得体。这是成人君臣同时也是叔侄之间的正常对话。此外，邙山役后，高湛虽然将皇位传给了儿子高纬，但此后5年，他以太上皇的身份代为执政，小孩高纬虽为皇帝，但基本是于后宫嬉戏玩耍，所以与高长恭做如此一本正经的对话不大符合常理。且高湛过世后，高长恭还是一路敕封，未见受冷落：武平三年（572），被任命为大司马；武平四年（573），担任太保。另外，高长恭前后因各项战功被封为巨鹿郡公、长乐郡公、乐平郡公、高阳郡公等。

但风云突变，573年，距离高长恭担任太保仅一个月，后主高纬竟派人送来毒酒，令其饮鸩自杀。也就是说，在他侍帝生涯中始终没有与两代北齐君王产生嫌隙，却被突然毒杀，缘由扑朔迷离。

李百药的《北齐书》并没有找到高长恭被毒杀的真正原因，他举出的理由多为道听途说，只为史书逻辑需要自圆其说而已。高长恭的确死得很突然，很不可理喻，不能以常理解释。《北齐书》里也记载了高长恭因为说错话一直陷入惴惴不安之境，试图通过自毁声誉、消极怠惰躲避灾难。但他恐惧的或许不在于此，而是那个8岁的小堂弟日渐诡异无常，终于变成了一个疯狂的暴君。

北齐后主高纬“自生宫闱，长于尼媪。不接端士，不见正人”。也就是说，他根本不是在一个正常环境中成长的。他一继位，就封乳母陆令萱为女侍中，随后，陆令萱、和士开、高阿那肱、穆提婆、韩长鸾等佞幸小人便把持了朝政；高纬所宠信的侍者、奴婢、太监、娼优等也被封官晋爵。高纬的个性也乖戾于常人，不喜欢与朝士见面，害怕与外人交谈，甚至别人多看他几眼他也会暴怒。他甚至害怕他的亲弟弟琅琊王“眼光奕奕，数步射人”，不敢直视。

随着年龄的增长，高纬的行为越来越失于常人，诡异古怪，尤其是进入青春期后。史家只是穷尽最恶劣词语以表罄竹难书之言，而我认为高纬是精神不正常，从现代医学的角度来看，他是一个“精神病人”。但中国古代不可能有现代医学的判断，所以史家对高纬的行径除了语言的挞伐和情感上的不可接受，找不出合理的理由来解释那些异常行为。

高纬有多种异常之相。他有个宠妃冯小怜，相貌漂亮，高纬与其形影不离，即使是跟大臣见面，也要把冯小怜拥在怀里或放在膝上，使议事的大臣难堪而语无伦次。“后主惑之，坐则同席，出则并马，愿得生死一处”，史书记载还算给后主留下体面。但有盛传，说高纬认为像冯小怜这样的天生尤物应该让所有人来欣赏，于是就让冯小怜赤裸玉体躺在朝堂的一张案几上，不时摆弄姿态挑逗撩拨，还卖票似地让大臣出钱来参观，不参观不行，于是大臣们排着队都来围着裸女一览秀色。这便是后世“玉体横陈”的典故由来。李商隐有诗云：“小怜玉体横陈夜，已报周师入晋阳。”话说正史未必都是真实的，野史也未必都是虚构的。如果此传言并非空穴来风，高纬之变态可见一斑。

高纬还有某种角色妄想症。他会在皇宫花园里建个贫穷村庄，自己穿得破破烂烂扮成乞丐，学乞丐样乞讨取乐。又设置穷人市场，扮穷人样子做生意，讨价还价。有时干脆让宫人给他造个西域城池，让卫兵穿着黑衣扮成羌兵，就跟小孩子玩打仗游戏一般，打打杀杀。但他会真的射箭伤人而没有感觉，现实与游戏不分。有时候高兴了出门巡幸，却是独自单骑跑得无影无踪，披头散发，袒胸露怀，全是狂躁之相。

没有现代医知识的古人对这些疯疯癫癫的举动只得狂骂，如虞世南语：“而纬狂愚悖乱，毁道败德，任用群小，诛戮谏臣……骄淫昏暴，宜其亡也。”李百药说得文雅一点：“武平在御，弥见沦胥，罕接朝士，不亲政事，一日万机，委诸凶族。内侍帷幄，外吐丝纶，威厉风霜，志回天日，虐人害物，搏噬无厌，卖狱鬻官，溪壑难满。”（见《北齐书·卷八·帝纪第八》）如此不堪的混暴之君，令史家几近词穷。

更有甚者，随着年龄增长，精神不正常的高纬开始大开杀戒，并迅速弑杀成性。首先，他把那个目光如炬、令他惧怕的亲弟弟琅琊王高俨杀掉，是趁着他们共同的母亲胡太后睡午觉之机，让人把高俨背到宫里砍头，并将高俨的亲信支解暴尸。

高纬还变得疑神疑鬼，有人说他的同父异母兄弟南阳王高绰有谋反之心，他就让自己宠信的胡人何猥萨与高绰玩相扑游戏，将高绰摔倒后掐死，然后埋在一座佛寺下面。有种说法，“相扑”一词便起源于这个杀人游戏。

上面两人还是他的兄弟，有时候他出门看到不顺眼的人便随意杀戮，甚至杀完人要剥掉脸皮观察。这令人发指且不可理喻的行为已不能用“残暴”一词来解释。

572 年，高纬步入疯狂的杀人状态。他先是以一个莫须有的缘由诛杀为北齐王朝卖命 20 年的老臣斛律光。斛律光家族从其父亲斛律金开始为高氏家族效力，他们属于古老部族高车族。斛律金曾以鲜卑语唱出：“敕勒川，阴山下，天似穹庐，笼盖四野。天苍苍，野茫茫，风吹草低见牛羊。”以这首千古名曲安慰了战败于西魏的高欢。高纬认为斛律家有谋反之心，于是让三个大力士把斛律光活活勒死。

转过年，没有任何理由，高纬派遣使者徐之范送毒酒给高长恭，高长恭对他的王妃郑氏说：“我忠以事上，何辜于天，而遭鸩也？”郑氏回答说：“何不求见天颜？”高长恭说：“天颜何由可见？”就这样，高长恭自知无罪，却又无法面见皇上，遂饮毒酒而死。呜呼哀哉，一代名将高长恭死得自己都不明不白，而死后还被朝廷追赠为太尉，谥号武。这无疑又是高纬的一场杀人游戏。他反复无常，或许陷入了某种迫害妄想中，想到谁谁就是敌人，他就要立即诛杀。

读《北齐书·卷八·帝纪第八》，以及《北史·卷八·齐本纪下第八》，会心惊肉跳地看到满纸都是“杀”“杀”“杀”，杀人如麻，命如草芥，而这些杀戮经常找不到可以说服人的理由。

有中国法制史专家告诉我，北齐制定的《北齐律》是一部在中国法制史上地位突出的法律，法令明审，科条简要，为隋朝《开皇律》继承，又延至《唐律》，是南北朝时期立法的经典之作。法律是为了惩处犯罪，其中包括私刑与滥杀，以维护纲常秩序，但纵观后主高纬12年御宇之所为，任用奸佞，无端残害忠臣，荒淫无度，最终亡国。《北齐律》的存在也成了绝妙的讽刺。

兰陵王高长恭克己修身、温良恭让，他受封兰陵王也是名符其实。兰陵郡即是古时楚国君子屈原出使过的齐国之地，今天的山东省临沂市兰陵县。屈原给此地起了个诗情画意的名字——兰陵，“陵”指“高地”，“兰”在屈原笔下指德行高洁的君子。

兰陵王那颗温柔洁净的心灵总是怀着慈悲与善意看待这个世界，善待兵士及有错之人。在临终之时，他烧掉了别人写给他的所有欠债条据，散尽所有资财，其死亦如兰花落地，幽香一缕，枯萎化粉泥，并不污浊于世。

为人臣，如果侍奉暴君，是一种不幸，更是一种悲哀，极端时不外乎是一种恐怖。但如果侍奉一个精神病患者，一个疯子君王，那不仅仅是在劫难逃，我甚至找不到能够超越悲哀与恐怖的人间语汇来形容如此劫数。

2016 年 2 月 18 日

于万柳

秋水山庄：青楼女子的宿命传奇

最初知道沈秋水从良的故事时并不在意。古往今来，才貌俱佳的青楼女子从良新生的故事无甚新奇，有的从此嫁作商人妇，红颜渐薄，倒也安稳一生。有的被始乱终弃或者上当受骗，如杜十娘怒沉百宝箱，就去演绎一番人伦道德下的恩仇情怨。

2016 年春天我去杭州，恰好住在西湖北岸毗邻“秋水山庄”的新新饭店。闲来无事，就进去转转。这是一处好生精致又典雅大方的宅邸，80 年已过，仍风姿绰约，不同凡俗。那一排有着格栅点缀的窗户正望着西湖，透过路边法桐枝桠，仿佛是张大的眼睛要望至极深远处，这大概就是“望穿秋水”之意吧。现在，“秋水山庄”作为沈秋水与史量才的故居被提升到杭州市级文物的高度，作为新新饭店的一部分，正在内外装饰装修，不知将来是作为展览场所还是客房使用。

沈秋水是清末民初上海滩雏妓出身的青楼女子，关于她的姿容倒无沉鱼落雁的传闻，应该属于秀丽恬静一类，很像江南初春的温婉烟雨，有一种幽远朦胧的美，令人心动。传说她的闪光点在于有“内蕴”，并非绝世风骚或风情万种的级别。她自幼在妓院“迎春坊”长大，颇有音律方面的技艺才华，弹得一手好琴，低声慢语，文静雅致，在那些男人花酒烂醉后轻弹一曲，颇能打动散乱的俗人心扉。

她从前的花名叫花彩云，也叫花慧芝，沈秋水是史量才后来给她取的名字。还是雏妓时，她被北京某贝勒爷赎身收留，但不久，贝勒便过世了。她在北京甚至没长至成年，便再回上海滩重操旧业。贝勒爷无非是当尤物把玩了她几年，府里又是姬妾成群，斗争激烈，贝勒死后，她这样的未成年女孩也就被人随便轰出去，两手空空回了南方。

那正是民国成立的前后岁月，朝代更迭，各式新旧男人在她身边来来去去，其中三位——陶骏保、钱幼石、史量才倒都是真心想将她带走的。可那时正值人间乱世，各种撕咬打斗各种难看，动不动就是血腥杀戮。有人被暗杀，有人暗杀人，而暗杀人的又被他人暗杀，派系政治只为争权夺利，实现野心。沈秋水犹如一颗煞星，男人们为了争夺她红眼翻脸，而得到她的男人也如中了魔咒般难脱死亡厄运。北京的贝勒爷暂且不论，虽然沈秋水跟了他没几年他便归西了，但大抵还是正常死亡。而陶骏保是被陈其美（便是那著名的陈立夫、陈果夫的叔叔）杀掉的，纯属一场刻意的权力斗争的谋杀。当然陈其美也很快得了现报，没两年也被暗杀。沈秋水最后归依的男人史量才同样命断一场更为惨烈的谋杀，这场谋杀几乎可以说是当着沈秋水的面发生的，以至于她惊吓悲伤至吐血几日，险些随故人同路。

著名报人史量才纳沈秋水为二房太太的过程有点无心插柳柳成荫的意味。最早，是史量才的同乡兼朋友——松江泗泾第一富人钱幼石看上了沈秋水，并和迎春坊谈妥赎资。钱幼石追求沈秋水时还整得文艺范儿十足，通过史量才给在史量才开办的女子技艺学校学习的沈秋水递送长吁短叹的情诗，学古代人鱼雁传情。但一来二去，信使史量才和这位女子萌生了情愫。为此钱、史二人险些翻脸，好在他人又为钱幼石牵线另娶一位官宦家小姐，这事方才作罢。

史量才有没有筹足重金赎买沈秋水的意愿，没有史料可以证实。那年史量才 30 岁出头，而沈秋水还不到 20 岁。史量才早已娶妻生子，且妻子也是非常能干，两人开办桑蚕学校，虽不是大富，至少也是当时的中产阶级层次。也许若不是后来又杀出来一个叫陶骏保的人，史量才未必能使沈秋水离苦得乐。后人评价陶骏保，称其终其一生是以推翻清朝政权为终极理想的革命党人，并建立了光复南京的功勋。但这般高格也不妨碍他徜徉花坊柳巷，而且还与史量才同时盯上了这个会抚琴吟唱的江南女子。他争夺沈秋水时已是苏浙一带颇有声名的人物，光复会出身的革命党军人，出任镇江革命军参谋总长。面对如此对手，史量才肯定甘拜下风。而且陶骏保拿得出给妓家赎人的银两，比史量才这种“打茶围”“做花头”的，来得实在。有说是沈秋水对陶骏保“不情愿”，未必真实。好事者以小说家的笔法如此描述：“陶骏保乘着双马车，带着武装的卫士，上门索要慧芝。史量才识时务，不让不争，忍辱含耻，沈慧芝惊恐万状，低头落泪不知所措……沈慧芝被陶骏保挟上双马车，一去音信全无。”这一“双马抢美”的小说般的故事来自史量才一方的素材，被张增泰在《史量才与沈秋水离合缘》中写成了风月传奇。张增泰自称这篇文章的内容是从“先师”汪英宾那里听来的，而汪英宾任《申报》广告经理20年，非常清楚报社总经理史量才的根底。然而，一方之言总是美化自己而置对方于不利。

那年（1911年）的陶骏保33岁，照片上看也是英气逼人，与蒋介石有几分神似。如此人物，沈秋水也未必会生出嫌弃。而那一年陶骏保与林述庆一道率镇军主力攻入南京，12 月 1 日南京光复成功，陶骏保成为革命军的功臣，同时也招惹出革命党人的内讧争权。十多天后，同盟会出身、时任上海第一任沪军都督的陈其美，以讨论进军北京问题作为借口，并借宋教仁、黄兴之名，邀请陶骏保到上海面谈。12 月 13 日下午，陶骏保不知是计，乘坐马车前来拜会陈其美。陈其美在都督府大堂接见陶后，宣布了他的“罪状”，指控其在九镇进攻雨花台时，中途截留由沪运往的枪械弹药，以致九镇遭受极大牺牲，应处以死刑。陈其美命令关闭都督府大门，于下午 5 时，未经军法会审，即将陶骏保即在都督府大堂执行枪决。

12 月 15 日，陈其美以沪军都督府的名义，颁布了《枪毙陶骏保告示》，通报陶骏保的“罪行”。其中全为空泛之词，明眼人一看就知道是政治角力戕害异己而已。那一时期的一系列明杀、暗杀活动，被后世称为“同盟会屠杀光复会”，陶骏保被杀事件算是开了先河。

沈秋水的第二次从良得到的竟是这样的结局！旋即她便从了史量才。一切都开始改变，从前的花慧芝改回本姓“沈”，并被史量才取名“秋水”，似有“望穿秋水始得伊人”之意。但最大的改变莫过于史量才得到沈秋水的同时也得到了大笔资财。1912 年史量才入股《申报》，并担任总经理，虽然他是与张謇等人联手收购了这家已有 40 年历史、影响力极大的报纸，但三年后其他人的股权悉数归于他名下。紧接着，史量才还在上海开办了两家钱庄、一家金铺、一家米行。这些大宗投资不是史量才夫妻过往办学经商有可能累积下来的资本，它定是飞来横财、天上掉下来的馅饼。一位资深老报人胡憨殊在《申报与史量才》中说："若要说起上海报业和报人的前尘往事，为举世人士所共知的，在报业莫如《申报》，在报人莫如史量才。谈中国报纸必谈《申报》，谈《申报》必谈史量才，谈史量才必谈沈秋水。"似乎暗示了这些资金的来路。当然，因为没有证据，很多学者也不敢苟同。他们最主要的理由是陶骏保并无控制军饷的机会，且如果真有如此巨资，沈秋水这样的女人是断不敢独吞的，因为陶骏保的兄长都是江浙一带有势力的人物，一个弱弱的小妾卷跑巨款似乎不大可能。有些人认为史量才的暴发也可能来自沈秋水，但应该来自沈秋水多年积累的恩客们的馈赠。这个说法也比较牵强，因为迎春坊的姑娘是被管理者，大数额地私藏财物不大可能。如果有，沈秋水何不自赎其身？

总之，史量才自 1912 年得手《申报》便开始了他风生水起的报业生涯，最终成为报业巨擘。《申报》最火爆的年代发行量达到 16 万份，当年著名的文人墨客知识分子，如鲁迅、茅盾、陈望道、夏丏尊、周建人、叶圣陶、老舍、沈从文、郁达夫、巴金、张天翼、章太炎、柳亚子、吴稚晖，谁没在《申报》上留下过笔墨呢？

沈秋水也在史量才家获得极高地位，她成为管家太太，陪伴史量才出入上海社交界，俨然正室。而史的正室夫人也情愿让贤，把管家大权拱手相让。正室夫人生的儿子也是史家唯一的儿子史咏赓称呼沈秋水为“亲妈”，称自己亲妈为“好妈”，可见史家上下一派和谐。但沈秋水多年无子，这期间，史量才又纳一房三姨太且诞下一女。长房一子，三房有女，沈秋水只得过继来自家侄女当女儿养，且希望将来能将侄女嫁给史咏赓，以真正地在史氏家族安营扎寨，也算是一番心机了。

20年过去后，沈秋水已是中年妇人。史量才也算不辜负逐渐显露落寞苍凉之态的沈秋水，在杭州西子湖之北岸，紧邻已成为新式饭店的何庄，建了一所中西合璧的房舍，取名“秋水山庄”，说是模仿《红楼梦》里的怡红院架构。这是1933年的事情。

我这次住的新新饭店的前身即为何庄，它比秋水山庄建得早，大约沈秋水从良史量才的时候就有，距今100余年，算是杭州的标志性建筑之一。在这间饭店我翻看到一本叫《百年新新》的介绍饭店历史的图册，才知道今天秋水山庄已划归新新饭店，成为其一部分。册子里的一幅照片深深地吸引了我，那是以秋水山庄为背景站在浮桥上的两位妇人，身边携带孩子。乍一看我以为这就是沈秋水以及正室夫人，照片的注解大概说是“三十年代秋水山庄前留影的女人引人遐思”。但后来考证，这两妇人应该与史家无半点关系。不过，直对着秋水山庄的这座浮桥却与史量才之死有关。

1929 年杭州举办过一次轰动全国的“西湖国际博览会”，展会长达 128 天，盛况空前。前来杭州的外国代表团成员过千人，国内外参观人数超过 10 万，可以想见西子湖畔的沸腾景象。当时为了方便参观者到达会址之一孤山岛，就从西湖北岸修了一条木栈桥连接孤山。这座桥到 1934 年仍没有拆除，其桥头正对着秋水山庄。曾有好事的风水先生预言“此乃凶兆”，并告诫史量才：来去沪杭，要防备小人。当年的沪杭公路其中有 80 公里是史量才投资建造的，他还从国外进口了一辆防弹汽车，所以并不以为然，说在“沪杭公路上没仇人”。

往往变故就在刹那之间，只在秋水山庄过了一年琴瑟悠然生活的史量才便自投了他人设计的暗杀之网。1934 年 11 月 13 日，史量才从杭州秋水山庄出发返回上海，同行的有五人：司机黄锦才、二房太太沈秋水、儿子史咏赓、儿子的同学邓祖询、沈的侄女沈丽娟。车子行至海宁县翁家埠附近时，遭遇截杀，当时枪手六人，先把防弹汽车的轮胎打爆，再击破前风挡玻璃，前排的司机和邓祖询当场丧命。其他四人夺门而逃，沈秋水和侄女根本跑不动，扑到路边，但枪手对她们没兴趣，直追史量才父子。史咏赓年轻腿长，逃至附近一间学校求救，而可怜54岁的史量才毕竟体力不支，他慌乱中跑进附近一所茅屋，又觉茅屋不保险，便从后门穿出，躲进了边上已经干涸的一口小水塘里。也是天意令其必死，这时候竟有一傻子看着这个躲在水塘里的人好奇，史量才轰他走，他就是呆站着不走，直勾勾地看着。这哪里是什么傻子，分明是向史量才索命的魔鬼的化身！呆站着的傻子招来在附近搜索的三个枪手，他们对着水塘里的史量才一通乱射，可怜一代报业巨子命丧翁家埠水塘。

当时，人们对史量才之死噤若寒蝉。谁都知道他反对国民党政府的舆论管控，总是在新闻管制、舆论自由这些敏感事情上与当局产生冲突，甚至还动不动“斗胆”批评当局，说什么蒋介石有百万兵，他史量才有百万读者，且他在上海金融、报业、实业做得过大，势力强大。所以他被谁杀，人人心知肚明，但谁敢造次呢？只有他控股的《新闻报》算得上勇敢，也只能欲说还休：“暗杀之风，年来甚盛……若惝恍迷离不可捉摸者，殆莫如此案。”没人敢公开质疑国民党政府。11月16日，《申报》还刊载了蒋介石的电令，要求时任浙江省主席鲁涤平“应严缉凶犯，负责根究为要”。直到20世纪60年代，国民党特务头子沈醉揭露了当年国民党蓝衣社暗杀史量才的整个过程，真相才得以大白天下。

沈秋水三次从良，丈夫一个比一个死得惨，最后这一个几乎就是眼睁睁看着被残杀的。1934年，她已经跟随史量才走过23个春秋，天降横祸，使这个中年女人彻底退出了过往的人生。她留给世人的唯一一张照片就是在史量才葬礼上对着史量才的遗体抚弹古琴，她面颊塌陷，两眼如洞，但投射出的目光却是犀利灼人。据说，一曲《广陵散》弹罢，她便将手中古琴付之火盆，寓意大约为将自已的前半生随这个死去的男人一同烧尽。

史量才一死，这个女人必须学习独自面对后半生。她将秋水山庄交给一间妇幼慈善机构“尚贤妇孺医院”使用，把上海的史家公寓交给育婴堂使用。史家其他老幼另行安置，而沈秋水独自回到杭州，住在某处僻静的角落。她皈依佛教，在佛教的教理与师父的开示中，试图解开自己飘摇动荡一生的因缘。

共产党接手杭州之后，她将秋水山庄的产权正式转移给政府，有当时的转移登记保证书为证（影印照片在《百年新新》图册里）。而保证人也相当有趣，正是新新饭店的老板董锡赓，而保证人与被保证人的关系一栏填写的是“朋友”。我一直不能理解，为什么沈秋水捐赠此房产要有人来保证？可能是中华人民共和国成立之初，各类档案文件难免缺失，秋水山庄的老邻居新新饭店算出个人证吧。

20 世纪 50 年代初期，秋水山庄作为杭州工会的休养所使用。1951 年的某天，沈秋水路过此地便进去看了看。见到她的人回忆说，她身高大概 1 米 65 左右，头发微卷，长度留到肩膀，穿了一件蓝色底子的旗袍，一双低跟的黑色皮鞋，旗袍的开衩不高，颜色低调，款式非常朴素简单。还说她非常有礼貌，很有教养。那时候她应该有 60 岁了，还不忘请求公家继续留用一位一直在秋水山庄做饭的老工人。

又过了 5 年，即 1956 年，沈秋水过世，以“秋水居士”之名葬于杭州南山公墓，离天马山里的史量才墓有一定的距离。据说，这是她临终时对身边人特别叮嘱的，她不愿意以史量才尘世妻子的身份埋葬。这时候距离史量才惨死已过去 22 年，沈秋水是真正参透了人世间这点蒙蔽双眼的情缘假象。她已然不屑于对男人的依止，而是独立绝世，以居士身份辞别尘缘。

庄子谓：“秋水时至，百川灌河；泾流之大，两涘渚崖之间不辩牛马。”秋水，满而盈，要有多么战战兢兢的谨慎之心，才可以安全地抵达彼岸。而王实甫《西厢记》第三本第二折里写道：“你若不去呵，望穿他盈盈秋水，蹙损他淡淡春山。”这里在说情欲相思，“秋水”便成了为达成世俗间的欲念渴望而要跨越的距离。史量才大抵取后者“相思”之意为沈慧芝取名“沈秋水”，为西子湖畔的山庄取名“秋水山庄”，但沈秋水还是砥砺苦修，从多灾多难中悟出了人生的无常之道，淡淡然洒洒脱去寻找她自己的彼岸去了。

2016 年 4 月 19 日

参考文献

双榆树：纳兰性德的诗意人生

1.《纳兰成德家族墓志通考》，赵迅著，北京文津出版社 2000 年版。

2. 档案，档案编号 j181-021-12688，保存于北京市档案馆。

档案名称：《原河北省昌平县公安局写给北京市公安局的公文函件》，刊载于《法制晚报》，2014 年 4 月 19 日。

3.《京郊清墓探寻》，冯其利著，学苑出版社 2014 年版。

4.《饮水词笺校》，（清）纳兰性德著，赵秀亭、冯统一校，中华书局 2011 年版。

紫禁城：苏州来的“蒯鲁班”

1. 关于蒯富的记录，见《皇明通纪》，（明）陈建著、钱茂伟点校，中华书局 2008 年版。“祥，吴县人，木工也。父福，能（主）大营缮，永乐中为木工首，以老告退。祥代之，营建北京宫殿。”

2. 蒯祥事迹，还散记于：

①《明史》卷四《地理志》，（清）张廷玉等撰，中华书局 1974 年版。

②《国朝献徵录》卷五十一，（明）焦竑编撰，影印本出自台湾学生书局出版的《中国史学丛书》，1965 年版。

③《双槐岁钞》卷八，（明）黄瑜撰，中华书局 1999 年版。

④《皇明纪略》，（明）皇甫录著。

⑤《民国吴县志》，曹允源编，广陵书社 2016 年版。

3. 1969 年 12 月重建天安门资料来源：《重建天安门》，《北京日报》2016 年 4 月 5 日。

万松老人塔：人间闹市里的斜阳塔影

1.《清乾隆内府绘制京城全图》，故宫博物院编，紫禁城出版社 2009 年版。

2.《沙门岛张生煮海》，（元）李好古著。

3.《邢台县志》影印本之万松舍利塔铭，第 762 页，台北成文出版社 1969 年版。

4.《湛然居士文集》，（元）耶律楚材撰、谢方点校，中华书局 1986 年版。

5.《长安客话》,（明）蒋一葵著，北京出版社 2015 年版。

6.《帝京景物略》,（明）刘侗、于奕正著，上海古籍出版社 2001 年版。

7.《骨董琐记全编》，邓之诚著，人民出版社 2012 年版。

什刹海：在一隅观照红尘

1.《寒玉堂诗集》，溥心畬著，新世界出版社 1994 年版。

大公主府：大清公主的苍凉谢幕

1.《康乾遗俗佚事饰物考》，完颜佐贤编著，内蒙古大学出版社 1990 年版。

2.《道咸以来朝野杂记》,（清）崇彝著，北京古籍出版社 1982 年版。

珍妃之死：从两张照片的真伪谈起

1.《故宫周刊》，北平故宫博物院于 1929 年至 1936 年出版，合订本全 22 册，1988 年上海书店据此影印。

2.《故宫博物院院刊》第 2 期，故宫博物院 1960 年出版。

3.《国闻备乘》,（清）胡思敬著。

4.《清史稿》，赵尔巽等著，中华书局 1977 年版。

鱼藻轩：王国维的生死抉择

1.《我的前半生》，溥仪著。

2.《梁启超年谱长编》，丁文江、赵丰田编，上海人民出版社 1983 年版。书中收录了 1927 年 6 月 15 日梁启超给女儿梁令娴的家书。

3.《王国维之女口述家父：一生飘零如叶落》，载《看历史》2012 年 6 月号。

4.《王国维先生生平及其学说》，吴其昌著，《风土什志》1943 年 8 月号。后由曾智中、尤德彦据四川省图书馆馆藏原件整理，见《中华读书报》2002 年 8 月 21 日。

5.《罗振玉王国维往来书信》，罗振玉、王国维著，东方出版社 2000 年版。

6.《庭闻忆略：回忆祖父罗振玉的一生》，罗继祖著，吉林文史出版社 1987 年版。

大有庄：夹在皇家苑囿间

1.《京西古镇青龙桥》，政协北京市海淀区学习和文史委员会编，学苑出版社 2015 年版。

2. 虹映山房 _784 的新浪博客 http://blog.sina.com.cn/u/2067316801。

幽幽山中，千年一刹

1.《宛署杂记》，（明）沈榜著，北京古籍出版社 1983 年版。

2.《续高僧传》，（唐）释道宣撰、郭绍林校，中华书局 2014 年版。

3.《恭亲王奕䜣》，董守义著，人民文学出版社 2010 年版。

4.《日下旧闻考》，（清）于敏中等编著，北京古籍出版社 1985 年版。

明朝的“玄奘”

1.《金陵梵刹志》，（明）葛寅亮著、何孝荣校，天津人民出版社 2007 年版。

2.《补续高僧传》，（明）释明和著。

兰陵王墓：壮烈赴死的北齐大将

1.《北齐书》，（唐）李百药著，中华书局 1972 年版。

2.《全隋文》之卷十六 · 卢思道，（清）严可均著，商务印书馆 1999 年版。

3.《北堂书钞》，（唐）虞世南辑录。

秋水山庄：青楼女子的宿命传奇

1.《申报》影印本，上海书店出版社 2008 年版。

2.《沈醉回忆录：军统内幕一个军统特务的忏悔录》，沈醉著，中国文史出版社 2015 年版。

3.《我 1951 年来杭州办休养所时见过沈秋水》，张超著，《都市快报》，2016 年 4 月 5 日。